JN140876

アイラ・メリエル
レティーシャ・メイシー
ロイド・テルフォード

魔竜
魔人
Henkyou Gurashi no
DAI-KENJA
TOTSU AKITA PRESENTS

辺境暮らしの大賢者

魔王を倒したので弟子と共に隠居
生活を過ごそうと思う

戸津秋太

ぶんか社

C O N T E N T S

プロローグ

少女は、この理不尽な世界を恨むよりも先に、あるかどうかもわからない奇跡に縋（すが）った。

押し潰された家屋の下敷きになりながら、少女は瓦礫（がれき）の隙間から僅（わず）かに見える真っ赤な空へと手を伸ばした。

「……っぁ」

頭から流れる血で染まった視界には、空へと昇っていく黒煙が見える。

この日、この瞬間、少女の穏やかな日常は余りにも唐突に奪われた。

家も、家族も、友人も、そして今、唯一残った少女の命さえも――。

「んあ？　まーだ生き残りがいやがったか。見逃がすところだったぜ、あぶねえあぶねえ」

地獄のようなこの場所で、いやに間延びした声が辺りに響く。

そして、空を映していた少女の視界を、一転、全身から黒いオーラを放つ男の姿が覆った。

瓦礫の隙間から伸びた手を見て少女の存在に気付いた男は、そして今、命の灯が消えようとしている少女に近付き、嗜虐的（しぎゃくてき）な笑みを浮かべて唇を舌で濡らす。

立ち上る黒煙、潰れた家屋の山、辺りに漂う死臭、壊された日常。

少女は知っていた。

この男が、自分から一瞬にして何もかもを奪い去った元凶であると。

この男が、人類の敵――魔人(まじん)であると。

男――魔人は、見せつけるようにゆっくりと少女に向かって手を伸ばす。

その手には全身を揺蕩(たゆた)うソレよりも一層どす黒いオーラが纏(まと)わりついている。

「っ、ぅぁ……」

迫りくる死。

だが、それを前にして無力な少女は苦悶(くもん)の声を上げることしかできない。

抵抗する力など、彼女には一切残されていなかったし、何よりそもそもからして持ち合わせてなどいなかった。

空へと伸ばされた少女の手がパタリと地面に落ち、代わって魔人の手が少女へと伸びる。

そして、魔人の手が少女に触れようとした時――、

「グボガァ……ッ!?」

魔人が突如、地面に圧(お)し潰された。

魔人の真下にいつの間にか出現した白く光る魔法陣。

その光は増していき、光量に比例して片膝を立てるのみで辛うじて耐えていた魔人が更に地面にめり込んでいく。

ついには、その膨大過ぎる力に耐えられずに地面が砕け、割れていく。

「そこまでにしておけよ、ド畜生が」

「――ッ！」

突如辺りに響いた何者かの声に、魔人は顔を上げて空を仰ぐ。

そこには、怒りに満ちた瞳でこちらを見下ろす一人の青年がいた。

「キ、貴様ァ……！　人間風情が、この俺を見下ろすんじゃねぇ……！」

魔人はそう吠えながら右手から黒いオーラを放つ。

膨れ上がる死の気配。それを纏う魔人は、その手で地面に浮かび上がる魔法陣に触れた。

直後、白い光を放っていた魔法陣はガラスの割れるような音を立てて砕け散り、白い燐光となって虚空へ溶けて消える。

拘束から解放された魔人は立ち上がり、自分よりも遥かに上空で悠然とこちらを見下ろす矮小な存在へ哄笑した。

「――死ねぇッ!!」

強烈な呪詛を咆哮する。

魔人の全身から黒いオーラが膨れ上がり、青年に向けて突き出された右腕へそれは集約する。

この村を破壊したものよりも遥かに強大な、超然とした力は黒い光の束となって青年へ放たれた。

魔人は一層笑みを深める。

バカな奴だ。一時の正義感に駆られてしゃしゃり出なければ、死なずにすんだものを。

大きな街すらも破壊しつくす力の奔流を前にして、しかし青年は回避しようとしない。

ただ、一言。

「うるせえ、お前の相手をしている暇なんかねえんだよ」

青年はまるでその脅威をどうでもいいと切り捨てるかのように、身に纏う黒いローブを靡かせながら右手に握る杖の先端を黒い光の濁流へと向ける。

青年の意思に応じて杖の先端から純白の魔法陣が現れ、盾となって魔人の放った攻撃から青年を護った。

「……ッ、バカなッ！　あり得ない……！」

拮抗するでもなく、いとも容易く魔人の攻撃は防がれた。

人間とは、魔人と比べると遥かにか弱い存在だ。

種族として絶対的な力の差を持ち、生物として優位にある自分が放った一撃が幼子のように無力化され、魔人は驚愕のあまり硬直する。

そして、その一瞬の硬直の間に――勝敗は決していた。

「《其は世界の理を示すもの、摂理を司り、万物を支配するもの》」

「――！」

「《我は請う、理を外れしものに、裁きの理を》ッ」

濃密な魔力が青年から発せられ、彼の憎しみの籠もった声音で放たれた詠唱と共に魔人の上空に黒雲が現れる。

バリバリバリッと上空で激しい雷鳴が轟き、そのすべてが黒雲の中央へと集約される。

魔人は、生まれて初めて恐怖という感情を抱いた。

背筋を這う寒気。喉元にナイフが突きつけられたかのような感覚を覚え、魔人は焦燥に駆られて両手を天に掲げた。

「──《神雷》!!」

直後、黒雲の中から一柱の稲妻が降り注ぐ。と同時に、魔人の手の先から轟ッという音と共に漆黒の光の奔流が放たれた。

魔人からすれば、稲妻を相殺せんとする一撃。

相殺し、態勢を立て直すための一手。

しかし、魔人の放った破壊の力はバリバリバリッと宙を駆ける稲妻にいとも容易く飲み込まれ──稲妻は魔人へと降り注いだ。

「グ、グァァアアアッッ!! バカ、ナァッ! 何故、ナゼ人間ゴトキに、この俺ガァッ!!」

魔人とは、人を超えた超常の力を持つ存在。魔人一体を討伐するために一国が動くレベルのものだ。

それを単独で倒すことのできる人間がいるとすれば、それは──。

「……ッ!」

全身を稲妻で焼かれ、とうに痛みを忘れながら魔人は何かに気付いたようにハッとした表情で、己を空から見下ろす青年を睨み返す。

「この、魔力……そう、かッ。貴様がッ、キサマがあの大賢者かぁッ!! 後悔するぞ! きっと、我らの王がキサマを呪いこ──」

魔人の最後の咆哮は降り注ぐ轟音にかき消され、塵（ちり）となって消え失（う）せる。

後に残ったのは壊滅した村と、莫大な力によって砕かれた大地だけだ。

村一つを破壊しつくした脅威は、こうして一人の青年によって一掃された。

「――――」

魔人が消滅すると同時に、青年はすぐさま地に降り立ち、家屋の下敷きになっている少女の元へと歩み寄る。

瓦礫の中から少女を救いだす。

彼女にまだ息があることを認めて、青年はホッと胸を撫で下ろした。

が、少女の体にそう浅くない傷があり、そこから血が溢れ出していることに気付いた青年は顔を顰（しか）めた。

「……っぁ」

焦点がおぼつかない視界の中で少女は青年を見る。

そして小さく、「助けて」と呟いた。

「……もう大丈夫だ、心配いらない」

青年は力強くそう言い切ると、少女の体にソッと手を当てた。

「《其は世界の理を示すもの、摂理を司り、万物を支配するもの。我は請う、理に従いしものに、慈悲の理を》。――《治癒（トリート）》」

少女の体に魔法陣が浮かび上がると、そこから暖かな光が溢れ出す。

そして少女の全身を覆う。
苦悶に満ちていた少女の表情は一転、安らかなものへと変わる。
全身を襲っていた激しい痛みが一瞬にして消え去ったのだ。
驚きのあまり目を見開いた少女を、更なる驚きが襲う。
「……すまない」
たった今自分を助けてくれた青年が、頭を下げたのだ。
「すまない、本当に、すまない」
一度だけでなく、何度も。
その謝罪の意味が少女にはわからなかった。
わかるのは、目の前の青年が自分を助けてくれたという事実だけ。
だから、少女は青年の顔に手を伸ばす。
「あり、がとう……」
血と体力を失ったからか、あるいは助かったことに安堵してか。
薄れゆく意識の中で、少女は掠れ声で青年に感謝の言葉を告げた。
その言葉を耳にした青年は、ハッと顔を上げて少女を見る。
それから何かを堪えるような表情を浮かべると、同時に少女を強く抱きしめた。
そしてまた、謝罪の言葉を口にし始める。
すまない、すまない、——助けられなくて、すまなかったと。

自分の肩がいつの間にか流れ出していた青年の涙で濡れていることに気付いた少女は、永遠とも思えるほどに繰り返される謝罪の言葉を子守歌のようにして、ついに意識を手放した――。

第一章

1

世界有数の広さを誇るグランデ大森林。

木々が生い茂る森の中、少し開けた場所で赤髪の少女は魔獣の群れと対峙していた。

「――ッ、《其は世界の理を示すもの、摂理を司り、万物を支配するもの。我は請う、理の内に在るものに、流動の理を》！」

簡単に纏められた長い髪が、少女自身の放出する魔力で靡く。

朗々と詠唱を紡ぎあげ、目の前の犬型の魔獣に向けて突き出した右手に魔力が集う。

そして――、

「――《迅雷（パラサン）》!!」

直後、少女の手の先に白く光る魔法陣が現出すると、そこから膨大な威力をもった紫電（しでん）が宙を駆ける。

放たれた紫電は真っ直ぐに魔獣に襲い掛かり、直撃する。

轟音と共に、魔獣はその場に倒れ伏した。

「……ッ」

喜ぶのも束の間。残るもう一体の魔獣が少女に襲い掛かる。

なんとか躱しながら先ほど呟いたのと同じ詠唱を口にし、狙いを魔獣に向ける。

そして再度――、

「――《迅雷》ッ」

唸り声を上げて威嚇する魔獣に向けて、紫電は正確に放たれ、魔獣はガクリと崩れ落ちた。

「よしっ！」

両手を胸の前でギュッと握り、喜びを露わにする。

そのまま赤い瞳を歓喜で輝かせながら前方――生い茂る木々を見つめる。

そして、ふふんと得意気に鼻を鳴らして胸を張った。

通常ならば魔獣の住処である辺境の森に足を踏み入れる者などいない。

だが、少女は今魔法の修行の一環として魔獣討伐を行っている。

少女の周りには先ほど倒した二体とは別に、数体の魔獣の死骸が転がっている。

これで、目に見える範囲の魔獣は一掃した。

今回の修行、もとい試験は満点。弟子である自分のこの姿を見れば、いくらあのものぐさな師匠でも少しはやる気を出してくれるはずだ。

そうなれば自分に更に高度な魔法を教えてくれるに違いない。

離れた場所から自分を見守っているであろう師匠のことを思い浮かべながら、少女はもう一度得意気に師匠のいる方向を見つめた。

そうして気を抜いてしまった少女の耳朶を――背後から獣の唸り声が打った。

「……ッ!?」

背中を這う悪寒。即座に振り返った少女の視界に飛びこんできたのは、獰猛な牙を剥き出しにしてこちらに襲い掛かってくる魔獣の姿。

どうやら、今の今まで草むらに潜んでいたらしい。

しまったと思った時には既に遅く、魔法を発動するよりも先に魔獣の牙は少女の体を――

「ガルギャ――ッ」

――貫くよりも先に、魔獣の体が真っ二つに裂け、間抜けな声を漏らしながら地に落ちた。

一体何が起こったのか。それを理解するよりも先に、先ほど見つめていた木々の先から声が放たれた。

「たくっ、何やってんだお前は」

「ロ、ロイド……」

現れたのは黒いローブを纏った黒髪の青年。

右手には一般的な長剣と同程度の長さの木製の杖を手にしている。

少女、アイラ・メリエルの師であり、現在世界に三人しかいない大賢者の一人――ロイド・テルフォードだ。

いつもは気だるげな彼の黒い瞳は、しかし今はどこか怒気を孕んだ眼差しでアイラを見つめている。

「視界に映る魔獣を掃討したら、辺りに潜伏している魔獣がいないか警戒する。いつも言ってるだろ？」

「うっ……」

師匠であるロイドの指摘に、アイラは先ほどまでの得意顔を一転させる。

「で、でも、ちゃんと魔獣は倒せたじゃないッ」

それでも、と。アイラは言葉を発する。

確かに詰めが甘かったのは認めるが、それまでの戦いぶりは評価してくれてもいいだろう。

そんな意図を孕んだアイラの発言に、ロイドはチラリと彼女が倒した魔獣の死骸に視線を移してため息を吐く。

「こいつらは元はただの犬で、魔獣の中でも最弱の部類だ。――無駄が多過ぎる。魔法を使うたびに最大魔力を籠めるなんて燃費の悪い戦い方をしてると、すぐに魔力切れを起こすぞ」

「うぐ……っ」

今度こそ、アイラは返す言葉を失った。

悔しいが、ロイドの言っていることは正しい。

普段の彼を知っているだけに不満はあるが、少なくとも魔法という点においてロイド・テルフォードに敵う者はいない。

ひとまず今は師匠の教えを素直に受け止め、次に生かすべきだ。

そして今度こそ、自分の成長を見せつけてやる。

そう決意すると同時に、ロイドが口を開いた。

「じゃ、帰るぞ」

「え、もう……？」

「辺りの魔獣は一掃したからな。このまま魔法の鍛錬に移ってもかまわねえけど、その格好のまってのも具合が悪いだろ？」

ロイドに言われて、アイラは自分の身なりに意識を向ける。

まだ師の下で魔法を学ぶ賢者見習いのアイラは、ロイドと違って賢者の象徴とも言える杖とローブを持っていない。

彼女の服装はいたって普通。膝ほどまでの白いワンピースと、腰に巻かれた紐に小さなポーチをかけているだけだ。

が、彼女のワンピースは今、魔獣の返り血で真っ赤に染まっていた。

先ほどロイドに助けられた時に血を浴びてしまったのだ。

そこで、アイラは「あっ」と思い出したようにロイドに問いを投げる。

「ロイド、さっきのはなんなの？」

「さっき？……ああ、お前の失態を庇ってやった時のことか」

「失態を強調しなくていいから」

意地の悪い物言いにアイラは半眼でロイドを睨む。

「お前にはまだ教えてねえが、《風刃》って魔法だ。まぁわかりやすく言えば風の刃ってところか。

おっと、アイラにはまだ教えねえぞ。取りあえずお前は《迅雷》の威力を調整できるようになれ」

「……わかってるわよ」

拗ねたように唇を尖らせながらアイラは不満げに応じる。

弟子の疑問を解消したロイドは彼女に背を向け、帰路につこうとする。

その背中を見ながら、アイラは彼が当たり前のように言い放ったことに戦慄していた。

アイラが魔獣と戦っている間、その様子を見ていたロイドは木々の生い茂る森の中にいた。

そこからアイラの危機を察知し、即座に魔法を展開。

しかも前方に幾本もそびえ立つ木々に当てることも、アイラに当ててしまうこともせずにロイドの放った魔法は正確に魔獣だけを撃ち抜いた。

魔法の展開速度、そして精度。そのどちらを取っても、常人の域を逸脱している。

だがそれは当たり前のことだ。

アイラの師、ロイド・テルフォードは世界に三人しかいない《大賢者》の一人なのだから。

「――これでもう少しはやる気を出してくれたら文句ないのに」

「ん？　何か言ったか？」

「なんでもないわよ」

アイラは小さくため息を吐いてから、ロイドの背中を追った。

2

――大賢者。

その称号を持つ者は世界に三人しかいない。

魔法という奇跡の術を扱う賢者の中でも一線を画した力を持つと世界に認められた存在。

そしてその絶大な力で三年前魔王を倒した英雄だ。

そんな大賢者の一人が、ロイド・テルフォードである。

だが――、

「――いい加減起きなさいよッ!」

大きな声で叫びながら、アイラは目の前の青年が大賢者であるという事実を忘れそうになっていた。

「……んぅ? んぬ――――」

全身を激しく揺さぶられ、耳元で大声を放たれる。

堪らずロイドは目を薄(うっす)らと開け、アイラの姿を視界におさめる。

「……あと、五分。いや、十分だな」

そう言い残し、ロイドは再び目を閉じる。

ロイドのその態度に、アイラはわなわなと肩を震わせる。

窓の外から見える太陽は既に真上にいる。

つまり、今はもう昼なのだ。

「そんなに寝ていたいなら、一生寝かせてあげましょうか」

怒気を孕んだ声と共に、アイラの赤髪が靡く。窓を開けていないので部屋に風が入り込んでいるのではない。

彼女が放出している魔力による影響だ。

「うおぅ!? おいバカやめろ! わかった、起きるから! 起きたから!」

傍ら(かたわ)で魔力の動きを知覚し、ロイドは跳び起きる。

完全に開かれた彼の瞳には、目の前で魔法を発動しようとしている少女の姿が映った。

「……はぁ、ったく、人を起こすためだけに魔法を使うなって何度言えばわかるんだ」

「私は別に魔法を使おうなんてしていないわよ。ただすこーし、魔力を放出しただけよ。……それより、今日はお昼から買い物に行く予定だったんだから、早く着替えてご飯を食べに来なさいよっ」

「俺は昨日お前の修行に付き合って疲れてんだよ。もう少しぐらい寝かせろ」

「弟子よりも疲れている師匠ってなんなのよ。ふざけたこと言ってないで早く下りてきなさい！」

寝癖のついたボサボサの黒髪を掻き乱しながら半眼で文句を連ねたロイドに、アイラは呆れながらそう返した。

そうして用件を伝え終え、ロイドを起こすという目的も達したアイラは一足早く彼の部屋を後にする。

「全く、師匠である俺に対してこの態度はなんなのかね……」

やれやれと文句を零しながらロイドはベッドから降りる。

そして欠伸をかみ殺しながらアイラに言われた通り着替える。

その最中、ロイドは三年前のことを思い返していた。

「はぁ、俺に弟子入りしたての頃なんかは、お師匠様、お師匠様ーって言いながら俺の背中を追ってきたもんなのに、どうしてこうなったんだか」

服を着て、手近なところにかけてあった黒いローブを羽織る。

それから枕元に置いてある木製の杖を手に取り、部屋を出ようとしたところでロイドは苦笑した。

「……いや、どうしても何もねえな。こんな師匠を敬う弟子なんている方が不思議だ」

ロイドはローブの胸元で金色に輝く勲章――大賢者の証に手を添えてため息を吐く。

そうしていると一階から「ロイドー！」と自分を呼ぶアイラの声が聞こえて、ロイドは慌てて部屋を出た。

◆　◆

「お前ってホント、料理だけは上手いよな」

自室のある二階から食堂がある一階へ下りてきたロイドは、テーブルに並べられた料理を頬張りながら対面に座るアイラを称賛する。

「だけは余計よっ。だいたい、ロイドが何もしないから私が仕方なく家事をやってあげてるんでしょうが」

「うんうん、師匠の身の回りの世話をするのも弟子の大切な仕事だよな」

「明日からロイドのご飯ないから」

「すいません調子に乗りました！」

食事抜きの事態を避けるべく、ロイドは頭を下げる。

師匠としての威厳も何もあったもんじゃない。

「まぁでもほら、お前ももう十七だろ？　そのうちどこかの男に嫁ぐかもしれないんだ。家事とか、そういうのができた方が貰い手も多いだろ？」

パンをちぎり、自家製（アイラ作）のジャムをつけて口元に運びながら、ロイドはさもアイラに家事を一任している自分に非はないとでも言いたげにそう口にする。

彼のその言葉を聞いたアイラはムッとした表情でスプーンを静かに皿の上に置き、ロイドを真っ直ぐ見つめる。

「ロイドだってもう二十二なのに結婚とかそういう話、全くないじゃない」

「俺はいいんだよ、アイラがいるからな」

「んなっ――」

事もなげに言い放ったロイドの言葉に、アイラは表情を固まらせる。

その顔には幾ばくかの羞恥が見え、彼女はそれを隠すかのように慌てて言葉を紡ぐ。

「そ、それなら私がもし結婚してこの家からいなくなったら、ご飯とかどうするのよ！」

「……確かに、それは困る。うん、大いに困る。魔法のこと以外、俺は何もできないからな。ま、せいぜいアイラに愛想尽かされないように励むとするよ」

神妙な面持ち（おもも）ちでそう言ったロイドに、アイラは一瞬戸惑ってからすぐに誇らしげに胸を張った。

「もう、仕方ないわねっ。ロイドは私がいないと何もできないんだから！　それがわかっているならロイドも私に師匠としていいところを見せなさいよ」

「へいへい、善処するよ」

肩を竦（すく）めながらのロイドの返事に、アイラは嬉しそうに笑みを浮かべてスプーンを手に取る。

そんな彼女をロイドは苦笑しながら見つめた。

◆
◆

ロイドたちが暮らすグランデ村は、人々の生存圏であるオルレアン大陸西部に位置するアイデル王国北方にある小さな村だ。

近くには世界で有数の広さを誇るグランデ大森林があり、稀（まれ）にそこから魔獣が侵攻してくることもあり、グランデ村は簡素な木の柵で囲まれている。

ロイドたちの家はそんな辺境の村の片隅に存在する。

二階建ての取り立てて評するところがない普通の一軒家だ。

この家に人類の英雄である大賢者、ロイド・テルフォードが住んでいると言われて信じることができる人はいないだろう。

家を出たロイドとアイラの二人は、村の東門近くに向かっていた。

各方位にある四つの門のうち、東門はよく行商人が訪れる場所で、自然にそこが商店街のような場所となっていた。

「じゃあ俺はこの辺りで待っとくから、適当に買い物をすませてきてくれ」

商店街に辿り着き、ロイドは足を止めてアイラを送りだそうとする。

が、振り返ったアイラは頭の上に疑問符を浮かべ、不思議そうに言葉を放つ。

「何言ってるの。ロイドがいなかったら誰が荷物を持つのよ」

「いやお前が持てよ。その腕は飾りか」

「女の子に重たい荷物を持たせるつもり?」

「それを言うなら師匠に荷物持ちをやらせる弟子はなんなんだよ!」

「ほら、もう我儘(わがまま)言わないの! 普段は家事を私に任せてるんだから、荷物ぐらい持ってくれても罰(ばち)は当たらないわよ」

「なんで俺が悪いみたいな感じになってんだよ……」

ぶつくさと文句を垂れながら、ロイドは渋々アイラについていく。

すると、ロイドたちの姿を見た村人たちが声をかけてくる。

「お、ロイド様にアイラちゃん。うちの野菜はどうだい？　採れたてで美味いよ〜」

「ロイド様は相変わらずアイラちゃんの尻に敷かれてるね〜」

村人たちの声に応じながら、アイラは買い物をすませていく。

数分後には、ロイドの持つ荷物はかなりの量になっていた。

「おもてぇ……」

消え入りそうな声で呟くロイド。

死にそうな表情のロイドとは正反対に、アイラは達成感に満ちた表情を浮かべていた。

「これで暫くは買い出しに行く必要がなくなったわね！　色々と足りなくなってたものも買えてよかったわ」

「今からこれを持って帰らないといけない俺の身にもなってくれ……」

「おっと、今日は荷物持ちかい？　大賢者様」

「デルタさん！」

うな垂れるロイドに声をかけてきたのはグランデ村で暮らす村民の一人。

顎から白い髭を生やした初老の男性の声かけに、アイラはパッと笑顔を浮かべて応じる。

が、すぐにアイラは膨れっ面でロイドを指さした。

「こんな人を大賢者様なんて呼ぶ必要ないわ」

「おっと相変わらずだね、アイラちゃんは」

「事実を言っているまでよ」

「おいこら、もうちょっとは師を敬いやがれ」

アイラの額を人差し指で小突きながら、ロイドは顔をひくつかせる。

二人のこの関係性は最早(もはや)グランデ村に住む人たちからすればいつものことで、デルタもまたどこか楽しそうに苦笑しながらその様子を見る。

そしていつもと同じ言葉を発する。

「いやいや、アイラちゃん、そういうわけにはいかないよ。ロイド様がいなけりゃ今私が生きているかどうかもわからないんだからね。今どんな暮らしをしているとしても、彼がかつて魔王を倒した大賢者の一人であることに違いはないんだから」

デルタの言葉に、アイラは「それはそうだけど……」と不満げに呟く。

「おいおい、その言い方だとまるで俺が今自堕落(じだらく)な生活を送っているように聞こえるんだが」

「まるでじゃなくて事実でしょ！　……全く、他の大賢者様たちは今も残った魔人を討伐する日々を送っているのに。なんでロイドに弟子入りしたんだろ」

自分の過去の選択を悔やむかのように、アイラはあからさまに肩を落とした。

世界を変革する神秘の力を操る賢者。

その賢者すべての上に立つことを意味し、一国の王ですら頭を下げるような存在――それが大賢者だ。

デルタが語った通り、ロイド・テルフォードは三年前、人類の脅威である魔族の王――魔王を討ち滅ぼした大賢者の一人だ。

その功績は計り知れず、彼等を敬わない者はいない。

だが、ロイドは現在存在する三人の大賢者の中で一番慕われず、敬われていない英雄だ。

——何故か。それは残る二人の大賢者とは違って、ロイドは魔王を倒してからというもの未だ世界の至る所で猛威を振るう魔族の討伐を行っていないからだ。

「アイラちゃん、それは言い過ぎだよ。ロイド様の下で魔法を学べることは凄いことなんだよ？」

「そうだぞー」

「ロイド、ちょっと黙ってて」

デルタに同調して茶化してくるロイドをアイラは睨み返す。

しかし、デルタの言ったことは事実だ。

少なくとも賢者を志す者ならば、曲がりなりにも大賢者であるロイドの下で学べるということは幸せなことだ。

彼の魔法の腕が並外れたものであることは、それこそ世界が保証している。

それに、アイラとて口では不満を漏らしているものの、それが本心というわけではない。

確かに普段はどうしようもない怠け者ではあるが、自分に魔法を教える時のロイドはやはり大賢者の一人なのだと思わせる技量がある。

だが、それをアイラは決して口にしない。

口にすれば、調子に乗らせてしまうから。

アイラは欠伸をかみ殺すだらしのない師匠の姿を見て、小さくため息を吐いた。

3

「ふむ……」

ロイドの家は二階建てとなっている。

一階には応接間や食堂などの部屋があり、二階にはロイドやアイラの自室。それから客間が三部屋ほどある。

そして今、ロイドはそのいずれとも違う場所——地下室にいた。

全面を石レンガで覆われたこの地下室はロイドの仕事場——いわゆる、賢者の工房だ。

辺りには木製のテーブルやイス、そしてその上にはおびただしい紙の束やガラス瓶などが乱雑に置かれている。

工房内の灯りは天井から吊り下げられている数十個のランプのみだ。

ゆらゆらと揺れる光の下で、ロイドは細長い小瓶を前に顔を顰めている。

「もうちょっといけるな」

今手にしていた小瓶を引き出しにしまい、新たな小瓶を取り出す。

そして近くの大釜に張られている水の中に小瓶を入れて、中いっぱいに水を注ぎ込む。

そうして水の入った小瓶の口に、ロイドは手の平をかざした。

いつになく真剣な表情でロイドは意識を集中させる。

次の瞬間、ロイドの手の平から白い光が溢れ出し、そしてそれは水の中へと溶け込んでいく。

やがて手の平から放出される光はおさまり、代わりに小瓶の中に入っている水が白く光り輝きだした。

「――っと、こんなもんか」

光り輝く水をランプの光にかざし、少しの間見つめてからロイドは満足げに頷く。

そして、テーブルの上に置いてあったコルクで水の入った小瓶に栓をした。

「ほら、新しいのだ。古いやつは中身を捨ててその辺りにでも置いておいてくれ」

今の一連の行動を工房の隅から静かに見つめていたアイラに、ロイドは小瓶を渡しながら告げる。

それを受け取ったアイラはロイドの言葉に頷いた。

この小瓶の中に入っている光り輝く水こそが賢者にとって重要なアイテムである魔力水(まりょくすい)だ。

魔法を使い、体内の魔力が枯渇した際にこの水を飲むことですぐさま魔力が補充され、魔法が使えるようになる。

だが、魔力水を作るには水の中に十分な魔力を注ぎ込む必要がある。

これにはやはり相当な腕が必要であり、賢者見習いであるアイラにはとても真似できない。

こういう時は、アイラは目の前の男が世界を救った英雄――大賢者なのだと認識する。

しかし――、

「じゃ、俺は寝るわ。すげえ疲れたし」

「何を言ってるのよ。さっき昼食をとったばかりじゃない!」

この大賢者は、基本的に自堕落な生活を送っている。

たまに格好いいところを見せたかと思えば、こうしてすぐに怠けようとするのだ。

アイラが引き留めようと、彼が纏うローブの裾を掴もうとしたその時。

一階のドアが叩かれる音がして、アイラはハッとその手を止めた。

「誰か来たのかしら」

「みたいだな」

このまま言い争っているわけにもいかず、仕方なくアイラはロイドを残して一階への階段を上り、玄関へと向かう。

その隙をついて、ロイドはこっそり忍び足で二階の自室へと滑り込んだ。

「だー、つっかれたぁ」

ローブを脱ぎ捨ててベッドに飛びこみながら、ロイドは目を瞑(つぶ)る。

アイラに起こされる前に寝てしまおうという算段だ。

いいぞ、来訪者。もっとアイラを引き留めろ。

階下でアイラの相手をしてくれている来訪者を心の中で応援しながら、ロイドはうつ伏せになり、顔をベッドに押し付ける。

そして眠りにつこうとした時――誰かが階段を駆け上がる音がロイドの鼓膜を揺らした。

「――ド！　ロイド、ロイド!!」

「おわっ、なんだそんなに慌てて！」

勢いよくドアを開け、息を荒らげながら興奮した様子で飛びこんできたアイラに、ロイドは気だるげな表情から一転、驚きに目を見開く。

ロイドの問いにアイラは息を落ち着かせながら、しかし一向におさまらないまま、途切れ途切れに答えた。

「その、アイデル王国の、宰相の方が……ッ」

「宰相……？」

アイラの言葉にロイドは眉を寄せながら立ち上がり、黒いローブを手に取った。

◆　◆

「いやぁロイド様、突然押しかけて申し訳ありませんな」

「そう思うなら事前に言っておいてくれ、いでっ……、おい何すんだ」

一階にある応接間にロイドが顔を出すと、事前にアイラによって室内に通されていた一人の壮年の男性がソファから立ち上がり、笑みを貼り付けて頭を下げてきた。

男性が口にした言葉にロイドは思ったことをそのまま返すが、後ろにいたアイラに背中を抓られて思わず振り返った。

抗議の視線を、アイラはそっぽを向くことで躱す。

「いやはや、そう言われますと返す言葉もありませんな。なにぶんこの場には身分を隠して参じておりますゆえ、使いの者を出すわけにはいかないのです」

「他の国に動きを悟られないためにか？」

ロイドの指摘に、男性は肩を竦めて誤魔化す。

「――っと、申し遅れました。私はアイデル王国から公爵位を授爵しております、マウリス・ド・ファリドールと申します。陛下から宰相の任も拝命しております」

実質、この国のナンバー2だ。

白髪の交じった茶髪は丁寧にオールバックで整えられ、年の割に顔に刻まれた皺などから日々の苦労や激務が見て取れるが、赤い瞳には若々しさがある。

その所作は洗練されていて無駄がない。

「ああ、さっきアイラから聞いたよ。で、この国の宰相様が一体なんの用だ？」

公爵を前に、ロイドは動じることなくそう問う。

「そうですな、では早速本題に移るといたしましょう」

互いにソファに腰掛ける。

ロイドはアイラの淹れた紅茶が入ったカップを傾けながら、マウリスの言葉に耳を傾ける。

「……ですが、私がこの場に参じた理由は聞かずともわかっておられるのではありませんかな？」

「……ああ、だからこそわからないな。以前アイデル王国の使者が勧誘に来た時、俺はハッキリと断ったはずだ。それを聞いていないのか？」

「勿論存じております。ですから、今回は私がこの場に参ったのです。単刀直入に申します。ロイド様、――我がアイデル王国公爵位の叙爵をお受けいただけませんか」

「――断る」

アイデル王国の、それも公爵位の叙爵の話を即座に断ったロイドに、マウリスはため息を吐きながら小さく首を横に振る。

「何故ですか。領地を治めるというのが面倒であれば、別の者に統治を任せてもよいのですよ？」

「そういう問題じゃないんだよ」

「では、何か別に望みがおありですか？　あなた様が望まれるのであれば、陛下は可能な限りのことはなさるでしょう。お話しください」

「――なぁ、もう茶番はやめにしないか。あんただって、俺が叙爵の話を拒む理由をわかってとぼけてるんだろ？」

「――！　……仰っている意味がわかりかねますな」

「そうか、あくまでしらを切るんだな。まあいい、とにかく俺は叙爵の話は受けない。別にアイデル王国を嫌ってるってわけじゃない。俺はどこの国からの誘いにも乗らねえから、まあその点は安心してくれ」

「…………」

飄々とした口調ながらもロイドは真っ直ぐにマウリスを見つめて言い放つ。

その言葉に宿る強い語気から、最早返事は変わらないと悟ったのか。

マウリスはゆっくりと腰を上げる。

「来なくていいって。結果は万が一にも変わらねえんだから」

「また参ります」

応接間を出るマウリスを、アイラが案内する。

二人が出て静かになった応接間で、ロイドは深く息を吐き出してソファに全身を預けた。

「たくっ、人間ってのはどうしてこうも強欲なんだか……」

暫く天井を見上げていると、マウリスを見送ったアイラが応接間に入ってきた。

「本当によかったの？」

「ん、何が」

「折角の話を断ってよかったのかってこと。だって公爵よ、公爵！　ううん、それだけじゃない。わざわざ宰相の人が自ら訪ねてくださったのよ。すごいじゃない！」

「はぁ……これだからガキは」

「誰がガキよ！　私はもう十七よッ」

「あー、はいはい。わかったわかった」

アイラの主張をロイドは面倒そうに応じると、ソファから立ち上がって歩き出す。

そのまま応接間を出ようとする彼の背中をアイラは追った。

「いいか、どうして俺がアイデル王国やそれ以外の国々からの叙爵の話を断るのかわかるか？」

階段に差し掛かったところで、ロイドはアイラにそう問いを投げた。

今日のようなことは初めてではない。

アイデル王国だけでも、以前から何度かこうしてロイドの前に現れ叙爵の話を持ち掛けてきている。

さすがに国のナンバー2が来たのは初めてだったが。

無論アイデル王国以外にも世界中の国々から使者が訪れ、同じような話を持ち掛けてきた。

そのたびにロイドは断り続けている。

ロイドの問いに、アイラは暫く考え込んでから答える。

「国の下につくのが嫌だから？」

「ま、半分正解ってとこだな。国から爵位を授かるってことは、つまりはその国の臣下になるってことだ。自分で言うのも恥ずかしいが、俺はそこらの賢者よりは腕に覚えがある」

「……否定はしないわ」

「でだ、そんな俺を所有している国に他国が喧嘩を売れると思うか？」

「！　なるほど……国同士での外交の材料にされるのが嫌だったのね」

「そういうこった。向こうも俺が爵位を受け取るのを断る理由なんてとっくに見当がついてるだろうさ。だからあいつらはみんながみんなお忍びでやってくるのさ。国同士で互いの動きを牽制しあってるんだよ。全く、魔王がいなくなった途端これだからな」

大賢者という存在を手に入れることができれば、それは国際社会で大きなアドバンテージとなる。

可能であればその動きは秘密裏に行いたいというのは、外交に携わる者にとって当然の考えだ。

大賢者という立場と力を利用されないために。国際社会に余計な緊張をもたらさないために。

ロイドはそこまで考えてどこの国からのどんな誘いも断り続けているのか。
師匠である彼の思慮深さに、アイラは感銘を受ける。
普段はだらしのないロイドだが、やはりその本質は世界を救った英雄。
様々なことを考えて、世界を混乱させないために動いているのだ。
彼女の中でロイドの株が上がっていく中、アイラは「ん？」と首を傾げた。
「ねえ、半分正解ってことは、あとの半分は？」
自室のドアを開けて中に入ろうとしていたロイドは、アイラの問いに振り返る。
そして飄々と、なんでもないかのように、
「――そんなの、俺が面倒だからに決まってるだろ」
ひどく自分本位な理由を言い放った。
固まるアイラを放って、ロイドは自室に入っていく。
閉じられたドアをアイラはしばし呆然と見つめ、それから肩をワナワナと震わせる。
次の瞬間には、ドアを勢いよく開けていた。
「ロイドのバカァァアアアアアッッッ!!!!」
一瞬でも見直した自分がバカだった。
アイラは自分に対する怒りを含んだ叫び声をロイドにぶつけた。

4

「――魔法を教えてくれ？」

ある日の昼下がり。突然神妙な面持ちで自室に現れたアイラが口にした言葉をロイドは不思議そうに反芻(はんすう)した。

「どうした急に。魔法なら教えてるだろ？」

アイラが弟子入りしてから二年。

それまでの間にロイドは彼女にいくつかの魔法を伝授した。

にもかかわらず魔法を教えてくれという彼女の頼みは、ロイドにとって不自然なものだった。

「そういう意味じゃなくて、……その、前に魔獣との修行の時、ロイド言ったでしょ？《迅雷》の威力を調整できるようになれって」

「あぁ、言ったな」

「あれから色々と頑張ってるのに、全然できなくて……」

アイラの説明を受けて、ロイドはなるほどと納得する。

これまでもいくつかの魔法を教えてきたが、それらはすべて基礎中の基礎。

いずれも籠めることのできる魔力には限界のある本当に小規模の魔法ばかりだった。

だが今回の《迅雷》は違う。

紫電を放ち相手を攻撃するこの魔法は、いくらでも魔力を籠めることができ、その籠められた魔力に比例して威力は増す。

籠めることができる魔力に上限のない魔法を初めて扱い、その感覚に戸惑っているのだろう。

師匠として、弟子のこの悩みを解消する手助けをしてやるべきだろう。

だがロイドはわざとらしくそっぽを向いた。

「さぁ、俺はバカだからわっかんねー」

ロイドの不貞腐れた態度に、アイラは頬をひくつかせる。

「まさか、まだこの間のことを根に持ってるの……？」

ロイドがこんな態度を示すのに、アイラは一つ心当たりがあった。

それは先日、アイデル王国の宰相が訪れた際。

彼が叙爵の話を断った真の理由に納得がいかず、家中に響き渡る声で「バカ」と罵ったのだ。

だがもしそうならば、器が小さすぎやしないかとアイラは思う。

「別にー。まあでも、人に頼む時はそれ相応の態度ってのがあるだろ？」

「…………」

こちらをバカにするような表情が気に食わないが、ロイドの言っていることは正しい。

どれだけロイド・テルフォードという人間が堕落していようとも、彼が師匠であることに変わりはない。

本当に、心の底から不本意だが、ここは自分の誠意を見せるべきだろう。

「……魔法を、教えてください」

頭を下げる。

アイラの殊勝な態度が意外だったのか、ロイドは一瞬戸惑い、そして次にニタリと悪巧みを思いついたような笑みを浮かべた。

ベッドに座っていたロイドは立ち上がると、ドア近くにいるアイラに近付く。

「ま、アイラがどうしてもっていうなら教えてあげないでもないけど？　こう、もう少し誠意を見せてくれるならな」

「誠意……？」

「そうだ。いいか、アイラ。俺に土下座をするん――」

「調子に乗るなぁ!!」

「ひでぶっ！」

◆　◆

「――で、威力の調整の仕方がわかんないだっけ？」

場所をグランデ大森林に移す。

さすがに魔法の修行を村の中で行うわけにもいかず、森の中で数か所だけある開けた場所のうち、奥に切り立った崖があるこの場所が二人のいつもの修行の場だ。

その場に辿り着いたロイドは、赤くなった左頬を押さえながらアイラに問いを投げた。

「用いる魔力を減らせないってわけじゃないの。でも、減らし過ぎちゃうっていうか、思い通りの魔力量に調整できないのよ」

「言いたいことはわかるさ。……そうだな、具体的な助言をする前に、お前はきちんと魔法というものを理解しているのか？　まずはそれが問題だ」

「魔法を教わり始めた時、耳にタコができるんじゃないかってぐらい聞かされたんだから、ちゃんと覚えてるわよ」

ロイドの疑念に不満そうに応じるアイラ。

そしてそのまま、弟子入りしたての頃何度も聞かされた魔法という力の説明を始めた。

人々の生存圏であるオルレアン大陸最西端には世界樹（オルビス）と呼ばれる一本の木が。

そしてテルミヌス海を挟んだ東側、人類の敵である魔族の生存圏であるディアクトロ大陸の最東端には魔界樹（ディアボロス）と呼ばれる木が、それぞれそびえ立っている。

魔族とは、魔界樹が放つ瘴素（しょうそ）を体内に取り込み魔法とは異なる力を得た魔人や魔獣のことだ。

そして魔法とは、世界樹が大気中に放つ魔素（まそ）を体内に取り込み、蓄積され魔力へと昇華した力を用いて世界に変革をもたらす力。

つまり、魔族と人類が使う力は根本的な違いがある。

魔王を倒した今でもディアクトロ大陸を支配できていないのは、偏（ひとえ）に魔素と瘴素の存在によるものだ。

魔素の多い場所、つまりは世界樹が近い場所には瘴素が少なく、逆に瘴素が多い場所、魔界樹の近くは魔素が少ない。

二つの物質は互いの働きを妨げる効果があるため、ディアクトロ大陸では並みの賢者ではまともに魔法を扱えない。

だが、大賢者たちは例外だ。

体内に蓄積できる魔力の量が桁外れであるために、瘴素で満ちた魔族の生存圏でも魔法を行使でき、その力で魔王を討ち倒した。

と、ここまでがアイラが理解している魔法に関する基本的な知識だ。

「その通りだ。そして魔法を扱う時には詠唱と名唱が必要だ。これは自己に対する暗示を強化し、世界への影響力を高めるためだが、これらをしなくとも脳内でその魔法をイメージするだけで行使できる。だが――」

「――行使した魔法の威力は、詠唱などをした時よりも劣る、だったわよね?」

「そうだ。例えば……」

話しながら、ロイドは目の前の崖に手を向ける。

「《其は世界の理を示すもの、摂理を司り、万物を支配するもの。我は請う、理の内に在るものに、流動の理を。――迅雷》」

詠唱の後、ロイドの手の先に魔法陣が現れ、そこから紫電が放たれる。

それは崖に一瞬で到達し、轟音と共に岩肌を大きく抉(えぐ)った。

「これが一番基本的な形だ。次に――《迅雷》」

再度、同じ魔法が放たれる。が、今度は崖に小さな穴を開ける程度に留まる。

「これが詠唱破棄だ。それで、最後に――」

ロイドは何も言葉を発することなく、紫電を放つ。

しかし一回目と二回目と比較してその威力は格段に落ち、崖を軽く削る程度に留まった。

「今の三度の魔法行使はいずれも同程度の魔力を籠めている。だが詠唱と名唱をするかしないかでこれだけ威力が変わる。どれだけ熟練した賢者でも言葉にするのとしないのとではイメージに差が出るからな」

「つまり、私は詠唱破棄を覚えろって言いたいの？」

「そんなわけないだろ。確かに純粋に威力をある程度落としたいだけなら詠唱破棄で十分だが、それだと根本的な解決にはならない。俺がお前に出した課題は別に《迅雷》の威力を抑えろってものじゃない。魔力を自分の意思通り操れるようになれってことだ」

「だから、その方法を教えて欲しいんだけど」

ロイドの回りくどい物言いにアイラは唇を尖らせる。

「バカ、物事には順序ってものがあるんだよ。魔力を制御できなくても威力を落とせる。逆に詠唱をすれば威力を上げられるってのは意外と重要なことだ。詠唱破棄自体はそれほど難しいことじゃないしな」

とはいえあまり詠唱破棄を進んでする者はいない。

大賢者であるロイドの力量だからこそ詠唱を破棄してもある程度の威力は出るが、並みの賢者がしたところで威力は弱く、無駄に魔力を消費して自滅してしまうだけだ。

「さて、一通り話したところで本題だ。アイラが魔力の調整を上手くできない大きな問題は、内包する魔力が多過ぎるせいで体内の魔力の動きを正確に認識できていないことだ。だから――」

言いながら、手を宙にかざす。

直後――、

「――ッ!?」

突然圧し掛かってきた重圧に、アイラは思わず表情を険しくする。

大気の重さが増したような、そんな感覚だ。

「一体、何を……？」

「アイラの周辺を漂う魔素を、俺の魔力で抑え込んだ。これでお前はいくら魔力を使っても魔素を取り込むことができない状態になったわけだ」

「そんな、ことが……!?」

できるのかと、アイラは愕然とした。

大気を舞う魔素。それらすべてを抑え込み続けられる技量と魔力量に畏怖を抱く。

「世界樹の近くはどうしても大気を舞う魔素が多いからな。魔法を使う傍から体内に魔素が取り込まれていってしまう。だがこれなら魔力を補充することができない。この状態で魔法を使い続ければ体内の魔力は減り、魔力の動きを細かく認識できるようになる」

「――――！」

ロイドがアイラに魔法を使えと促す。

圧し掛かる重圧に必死に耐えながら、アイラは魔力を放出した。

「やっと着いたわ……」

夕方。修行を終えて家に戻ってきたアイラは疲労に満ちた声で帰宅を喜ぶ。

誰の目から見てもヘトヘトな状態の彼女に、ロイドは労い（ねぎらい）の言葉をかける。

「よく頑張ったな。でも代わりになんとなく感覚を掴めてきただろ？　後はこれを何回か繰り返せば魔力量の調整ぐらいできるようになるさ」

「確かに今までは曖昧だった魔力の動きが掴めたような気がするわね」

苦労に見合うだけの手応えを得て、アイラは僅かながら元気を取り戻す。

そんな彼女にロイドは声をかける。

「しっかし腹減ったな。アイラ、夕食はできるだけ早くにしてくれ」

「…………」

「？　アイラ……？」

返事をしないアイラに疑問の声を上げる。

すると、アイラは冷たい声色で言葉を発する。

「人に頼む時は、なんだったかしら」

「……あ、いや、あれはあの時限りの冗談だろ？」

「私、今日疲れたし一人分だけささっと作って食べようかしら」

「俺の夕食を作ってくださいお願いします――‼‼」

即座にロイドは夕食の存亡をかけた土下座を弟子の前で行った。

5

ロイドの指導の下、アイラが魔力の動きを掴むための修行を始めて二週間目の朝。

珍しく朝から起きていたロイドが朝食の席で、アイラに「今日は魔獣討伐にしよう」と提案した。

突然のことに困惑しながらも、それなりに力がついた自信があったアイラはロイドの提案を受けることにした。

そして今、グランデ大森林まで来ている。

「今回もやることは同じだ。一人で森の中を歩き回って、遭遇した魔獣を殲滅（せんめつ）する。よほどのことがない限り俺は遠くから見ているだけだ」

「わかったわ」

ロイドの言葉に応じたアイラの語気は弱々しい。

それに気付き、ロイドは可笑しそうに笑った。

「なんだ、緊張しているのか？　お前らしくもない」

「私らしさって何よ」

「なんだかんだで自分の力に自信を持ってるところだな。ま、大概失敗してるけど」

「……それ、褒めてるの？」

釈然としない物言いのロイドを、アイラはジト目で睨む。

「当たり前だ。この二週間で格段に魔力の動きを掴めるようになったはずだ。ま、気楽にやれ。俺の目から見て合格だったら次の魔法を教えてやる」

「――！　わかったわ。見てなさいよ、ロイド！」

次の魔法という言葉を聞いて突然元気になったアイラに、ロイドは「ああ」と応じながら苦笑する。

その苦笑と共に、ロイドはアイラから離れた。

木々の陰に溶け込んでいったロイドの背中を見送ってから、アイラは両頬を手でパンッと叩き、気合を入れる。

ロイドの言う通り、体内を巡る魔力の流れは以前よりも格段に認識できている。

後は魔法を行使する時に、現れた魔獣を倒せる最小限の魔力を籠めればいい。

練習では上手くいった。

今日こそはロイドに自分のいいところを見せつけ、そして新しい魔法を教えてもらう。

決意を胸に、アイラは森の中を歩き出した。

◆
◆

森の奥へ突き進むこと数十分。

アイラはふと、足を止めた。

嫌な気配がしたのだ。

目の前の草むらに意識を向け、魔力を放出する。

その瞬間――、

「……ッ！」

草むらから一つの影が飛び出し、アイラに襲い掛かる。

宙を舞うその影に向けて、アイラは手をかざした。

「《其は世界の理を示すもの、摂理を司り、万物を支配するもの。我は請う、理の内に在るものに、流動の理を。――迅雷》ッ！」

術者であるアイラの暗示が魔力に明確なイメージを持たせる。

放たれた紫電は襲い掛かってきた影――魔獣を吹き飛ばした。

地面に落ちた魔獣は以前戦ったのと同じ、犬型の魔獣だ。

そもそも魔獣とは、大気中を漂う瘴素を取り込むことで遺伝子そのものが破壊され、変質し、凶暴化した動物のことを指す。

故に、元の素体が強力な存在であればあるほど強い魔獣ということになる。

ロイドが以前犬型の魔獣を最弱の部類と言ったのもそれが理由だ。

中には狼や熊、果ては竜なども魔獣と化した例がある。

それらと比べれば犬がどれほどの脅威だというのか。

魔獣に理性はない。瘴素によってすべてが破壊され、残されたものは唯一、破壊という本能だけだ。

故に倒すしかない。

一体の魔獣を倒した瞬間、アイラは気を緩めることなく即座に周囲を警戒する。

魔獣同士は仲間意識を持ち、集団で行動する。それが犬ならば尚更だ。

先ほど魔獣が現れた草むらの奥から、更に三体の魔獣が現れる。

アイラはすぐさま魔法を発動する。

詠唱ののち、手の先から紫電が放たれ、一体を穿つ。

アイラの魔法を受けた魔獣はプスプスという焦げる音を立てて絶命した。

その様子を見て、アイラはまだ多過ぎると自分の魔法にそう評価を下した。

もっと魔力を減らし、ロイドの言う戦い方ができるはずだ。

「――ッ、《迅雷》！」

襲い掛かってきた魔獣の牙を避けながら、アイラは詠唱と名唱を終える。

そして先ほどよりも更に魔力を弱めた魔法を放った。

――が、

「……嘘ッ」

直撃したはずの魔獣は少しよろめくだけに留まり、絶命するには至っていない。

今度は注いだ魔力が少な過ぎたのだ。

「ッ、なら――」

動揺している場合ではない。

アイラはすぐさま切り替えて魔法を行使する。

今度は、先ほどよりも多く――。

放たれた紫電は再度魔獣を撃ち抜き、そしてよろめいた後その場に倒れ伏した。

「やったッ、できた――ッ」

かつてない手応えを感じて思わず歓喜の声を上げる。

だが魔獣はもう一体残っている。

弛緩(しかん)した表情を引き締め、先ほどと同じように魔法を行使する。

「《其は世界の理を示すもの、摂理を司り、万物を支配するもの。我は請う、理の内に在るものに、流動の理を。――迅雷》！」

紫電に撃ち抜かれた魔獣は先ほど同様、よろめいてからその場に倒れた。

最小限の魔法によって倒せた何よりの証拠だ。

「――」

アイラは思わずロイドの方を向きそうになって、すぐさま意識を切り替える。

前回の教訓。視界に映る魔獣を掃討した後、辺りに潜伏している魔獣がいないかを警戒する。

それを思い出し、アイラは意識を周囲に向けた。

すると――、

「――この辺りに魔獣はもういない。よくやった、アイラ」

どこからともなく、杖を手に黒いローブを纏ったロイドが現れた。

彼の姿を見て、アイラはホッと胸を撫でおろす。

「途中で魔獣を倒せなかった時はヒヤッとしたが、上手く修正できたみたいだな」

「ええ、ロイドの課題にしていた魔力の制御に関しては上手くいったはずよッ」

ロイドの言葉にアイラは得意げに胸を張る。

弟子のその態度にロイドは小さく笑みを浮かべながら話を続ける。

「よし、俺の課題は合格だ。約束通り新しい魔法を教えてやろう」

「やったっ！　ね、どんな魔法を教えてくれるの？」

歓喜の声を上げ、期待に満ちた眼差しを向けてくるアイラに、ロイドはニヤリと笑みを浮かべて答える。

「――ピンチになった時に使えば、どんなピンチでも乗り越えられる魔法だ」

◆　◆

「……今のが、ピンチの時に役立つ魔法なの？」

開けたところに場所を移し、そこでロイドが行使した魔法を見てアイラは微妙な反応を示す。

「なんだ、不満そうだな」

「不満よ！　今の、ただの目くらましじゃない！　そんなのが役に立つなんて思えないわよっ」

ロイドにかみつくアイラ。

どんなピンチでも乗り越えられる魔法というから、《迅雷》以上の攻撃力を秘めた魔法を教えてくれるのかと思っていた。

だが、ロイドが実際に使ってみせたのはただ眩しい光を放つだけのもの。

せいぜいが目くらまし程度にしか使えない魔法だ。

「弟子は師匠を信じるものだぞ？　いいから、次はこの魔法を覚えるんだ。そう難しい魔法じゃない。これを扱えるようになったら他の魔法も教えてやる」

「わ、わかった……」

ロイドの言葉に、アイラは釈然としない様子ながらも頷き返す。

たとえどんな魔法であっても使える魔法を増やしておくにこしたことはない。

無理やりそう納得することにした。

第二章

1

「――《迅雷(パラサン)》！」


ロイドがアイラの修行に付き添うのは基本的に週に一、二度程度だ。

それ以外の時はアイラは家の庭で魔力を軽く放出したり、あるいは魔法に関する知識を高めたりする程度に止めている。

例外として以前魔力の動きを感じるためにロイドが二週間ほどつきっきりで相手をしてくれたが、アイラが課題をクリアしてからは元通りだ。

そして今日、アイラたちは一週間ぶりにグランデ大森林で修行に勤(いそ)しんでいた。

場所は勿論、切り立った崖が奥に広がる開けたところだ。

魔法の名前を口にすると同時にアイラの手の先に白い魔法陣が現れる。

課題をクリアしたことで新たな魔法を教えてもらい、アイラはそれをなんとか習得した。

だがそれを修行で日常的に使ったりはしない。

ロイドに教わったその魔法はただの光を発するだけのものだからだ。

もっぱらアイラが普段使う魔法は、初めて教わった攻撃魔法である《迅雷》に限られる。

アイラの放った紫電は地面に垂直に立てられている藁の塊にぶち当たる。

バチィという音と共に、アイラの鼻孔を藁が焦げる臭いがくすぐった。

「今のはいい感じだ。次はもう少し離れてやってみろ」

藁を的にし、魔法を放つ練習をしているアイラを近くの地面に横になって眺めていたロイドがそう指示を出す。

アイラはそれに頷き返した。

――と、そこに、

「また来たか」

アイラに指示する時の気の抜けた声を一転、鋭い声色で呟きながらロイドは立ち上がる。

唸り声を上げながら現れたのは、最早見慣れた犬型の魔獣だ。

ロイドは三体の魔獣に杖をかざした。

すると、杖の先に三つの魔法陣が現れ、そこから不可視の刃が放たれる。

次の瞬間には魔獣たちは体を両断されて絶命していた。

修行を行っている際に魔獣が現れればロイドが倒している。

だからこそアイラは安心して己の修行に集中できるのだ。

ロイドの洗練された魔法を見てアイラは早くこういう風になりたいと思った。

詠唱も名唱もせずに放った魔法だというのに、その正確さと威力は十分なものだ。

しかも同時に三つの魔法を展開していた。

今のアイラはまだ魔法の複数同時展開はできない。

それをさらりとやってのけるのだから、やはりロイドは凄い。

決して口には出さないが、アイラは密かにそう思った。

「今日は数が多いな」

そんなことを考えていると、ロイドがいつになく神妙な面持ちでポツリと呟いた。

ロイドの言葉に反応して、アイラは周囲に視線を移した。

この場で修行を始めてからまだ一、二時間程度しか経っていないが、周辺に転がる魔獣の死骸は十五を数える。

確かに多い。

瘴素を取り込むことで魔獣化する性質から、魔獣は魔界樹（ディアボロス）の近くに多い。

それは逆に世界樹（オルビス）の近くならばあまり多くないということを指す。

だからこのグランデ大森林も奥地では徐々に魔獣化し、凶暴化した魔獣が探せば現れる程度ので、こうしてただ単に修行をしている時に現れることはあまりない。

いつもなら多くて五、六体だ。

そこでふと、アイラは一つの可能性に行きついた。

「私の魔法の威力が増したからそれに反応する魔獣が増えたんじゃない？」

「いや、それはないな」

「――――んなっ」

ロイドの歯牙にもかけない即答に言葉を失う。

「ま、どちらにしろ向こうから姿を現してくれるならそれに越したことはないけどな。長い間潜伏して力を蓄えられるよりはいい」

その一言を残して、ロイドは魔獣の死骸から視線をそらした。

そして再び、アイラが魔法を放つ音がグランデ大森林に響き渡り始める。

夕方。グランデ大森林から戻ってきたロイドたちは北門からグランデ村に入る。

すると、遠くから人々がざわめく声が聞こえてアイラは首を傾げた。

「何かあったのかしら？」

「さあな。行商人でも来てるんじゃないか。この声は東門辺りからだろ？」

「あれ？　でも前に行商人がこの村に来たのは一週間ぐらい前よ？　そんなに早く再訪すると思う？」

「大方、流れの行商人だろ。新しい取引先を求めてグランデ村に現れたってとこかもな」

ロイドの見立てにアイラはなるほどと頷く。

グランデ村には一月に一度の頻度で行商人が訪れる。

アイデル王国王都から馬車で丸一日ほどかかる場所に位置するグランデ村はその地理上物流が盛

んではない。

ただし、南門を出て半日の距離に世界樹があるため、それを目当てに訪れる者の宿場町としての役割を担っていたりもする。

また、村の西方に広がる農地で産出される麦などで村の生計が立てられている。

とはいえ、売る相手がいなければ話にならない。

そんなグランデ村の住民にとって、この行商人という存在は有難い。

彼らに村の農産物を買い取ってもらったり、辺境の村では手に入れることのできないものをその時に買ったりするのだ。

そして行商人同士である程度担当の地域というものが決められている。

互いの利益を確保し合おうという暗黙の了解のようなものだ。

だが、最後にいつもの行商人が訪れてからまだ一週間しか経っていない。

明らかに別の行商人だ。

「ロイド、少しだけ様子を見にいかない？」

どんなものがどれぐらいで売っているのか。

家計を預かる者として気になったらしい。

アイラが目を輝かせながらロイドにそう提案する。

だがロイドは面倒そうに欠伸を漏らした。

「俺は行かねえよ。別に買うものもないからな」

「えー……、わかった。じゃあ少しだけ見てくるわ」

不満そうにしながらも好奇心は抑えられなかったらしい。

アイラはそう言い残して東門の方へと走り出した。

遠ざかっていくその背中を見届けて、ロイドは家へと帰る。

自室に入り、ローブを脱いで杖を壁に立てかけると、ロイドはそのままベッドに倒れ込んだ。

「魔力の調整を学んでから、心なしか魔法の精度も上がってたな……」

天井を見上げながら、今日の修行を振り返る。

ロイドとの修行によって魔力の動きを感じられるようになり、今日のアイラの魔法は展開速度も精度も増していたような気がする。

もっとも、そう思っていてもアイラには絶対言わないが。

「すぐ調子に乗って新しい魔法を教えろだなんて言い出すからな。ったく、付き合わされる俺の身にもなれってんだ」

口ではそう言いながらも、弟子の修行に付き合うのは師匠の役目なのだから本心からの文句ではない。

陽も沈みかけ、今はもう夕食時だ。
ロイドは空腹を紛らわせるためにそのまま目を瞑った。

「――で、どうだった？　やっぱり流れの行商人だったか？」

一時間後、家に帰ってきたアイラが夕食の支度を終え、ロイドは食堂に下りてきていた。

そして食事をとりながら、アイラに声をかける。

「ええ、ロイドの言った通り初めて見る人だったわ。今後は定期的に訪れるって」

「へぇ、それはまた。行商人同士で揉めねえのかね」

「さあ？　そんなのは私たちからしたらどうでもいいわ。いいものを安く買えたらそれで」

「……アイラ、お前もう賢者になるのをやめて主婦になったらどうだ」

ロイドは思わず苦笑を零しながらそう呟く。

「ロイドが魔王討伐の時に得た報酬だって有限なんだから、節約しないといけないでしょ。あーあ、公爵様になっていたらこんな心配する必要なんてないのに」

「なんだ？　そんなに俺に公爵になって欲しかったのか」

「冗談よ。ロイドは公爵なんて向いてないわ」

アイラの言葉にロイドは「失礼な……」と不満げな声色で返す。

「それで？　新しい行商人は主婦様のお眼鏡にかなったか？」

「……バカにしてるでしょ」

「いんや、してねーよ」

明らかに小バカにした物言いにアイラはジト目で睨みながら答える。

「んー、私というよりは自警団の人たちのお眼鏡にかなってたかなぁ」

どんな村でも自警団もしくはそれに似た、周囲の治安を守る組織はある。

特にここグランデ村は近くのグランデ大森林から極稀に魔獣が攻めてくることもあり、自警団の中には少しなら魔法を扱える者も多い。

だが、彼らが賢者というわけではない。

立場としてはアイラと同じ、賢者見習いだ。

賢者の下で魔法を学び、しかし途中で挫折した人間も少なからずいる。

そういう人たちは剣を片手に、魔法を扱ったりもするのだ。

そんな自警団だが、そこに所属する人間が一体、行商人とどう関係あるのか。

ロイドが疑問を含んだ視線を向けると、アイラが続けた。

「魔力水が売られていたの。それもすっごい安い価格で。それで自警団の人たちが買い占めてたわ」

「魔力水が？　それは珍しいな」

魔素が籠められた水――魔力水。

魔法を扱う者が飲めば即座に内包する魔力を回復することができる万能の水だが、その生成には熟練した賢者の力が必要だ。

そんな魔力水を一介の行商人が扱う、それも安価で売るなんてのはそうあることではない。

各国の中心的な都市ならばそういった行商人が出入りすることもあるだろうが、こんな辺鄙な村に訪れるなんてよほどの物好きもいたものだ。

「買ったのか？」

「買うわけないじゃない。確かに安かったけどロイドの創る魔力水の方が何倍も魔素が含まれてるもの」

同じ水の量であっても、そこに籠められる魔素の量は作成者の力量によって差が生まれる。

当然含まれる魔素が多いほど回復する魔力量も多い。

大賢者であるロイドが創る魔力水の純度は高く、並みの賢者とは比較にならない。

「お？　どうした、珍しいな。お前が俺を褒めるなんて」

「べ、別に褒めてないわよっ！　お金を払わなくても手に入るものを、お金を出してまで買うのがバカバカしかっただけだから！」

「素直じゃないな。弟子が師匠を敬うのは当たり前のことだ、照れる必要なんてないぞ？」

「あー、もう！　黙って!!」

失敗した。

自分の発言を後悔しながら、ニヤニヤとこちらを見つめてくるロイドとは視線を合わせないようにしてアイラは食事を終えた。

2

「アイラー！」

庭で洗濯物を干していると背後から幼い声で名前を呼ばれ、アイラは振り返った。

そこには三人の子どもが立っていた。

「あら、エイブ、ロト、リナ。これからどこかに行くの？」

「おう！　草原まで行ってくるぜ！」

と、ガキ大将気質な少年、エイブ。

「そろそろ色々な花が咲いているだろうって」

エイブに続けて言葉を発したのは、少し弱気なところがある少年、ロト。

そしてロトの言葉に、その横にいた少女が続く。

「お花で冠を作るんです！」

リナたちの説明を受けてアイラは微笑む。

この三人組はグランデ村では中々有名だ。

子どもの数自体が少ないこともあるが、何せこの三人はどこへ行くにもいつも一緒にいる。

楽しげに村中を走り回っているものだから、目立つことこの上ない。

「確かに新しい花が咲きだしてたわね」

ロイドとグランデ大森林に赴く道中で草原を横切る。

その時目にした草花のことを思い出してアイラはそう言った。

すると三人は目を輝かせて、「ホントか！」「よかったぁ」「たくさん作れるね！」などと口々に反応した。

楽しそうな子どもたちを微笑ましく見ながら、アイラは少しだけ声を鋭くして忠告する。

「あんまり森の方に近付いたらダメよ。危ないからね」

アイラの忠告に、三人は頷く。

「綺麗にできたらあげますねっ。あ、ロイド様にも！」

「楽しみにしてるわ。ロイドにも伝えておくから」

別れ際リナが発した言葉にアイラはそう返し、再び洗濯物を干し始めた。

◆　◆

三人はグランデ村を北門から出る。

そして近くに広がる草原へと向かった。

「うわぁ……っ」

到着すると同時にリナが歓喜の声を上げる。

草原には色とりどりの野花が咲き誇っており、この場に来た目的である花の冠を作るのには十分だ。

そしてそれから暫くの間、三人は花遊びに興じる。

陽も少し傾き始めた頃、リナが悩ましげに言葉を零す。

「白い花、ないなぁ……」

周囲を見渡せども、そこにあるのは赤や黄色の花ばかり。

今の今までそれらで指輪や冠などを作っていたが、リナとしては少しぐらい白い花が欲しい。

するとリナのその言葉を聞いたロトが反応する。

「そういえば、お母さんから聞いたことがあるよ。森にはいろんな色の花が咲いてるって」

「本当!?」

思わぬ情報に、リナは興味を示す。

その反応に気圧(けお)されながら、ロトは「う、うん……」と頷き返した。

「……あ、でも森には入ったらダメって」

グランデ村を出る前にアイラに言われたことを思い出し、リナは肩を落とした。

明らかに落ち込んでいる彼女の姿を見て、エイブは少し悩んでから威勢よく言い放つ。

「じゃあ俺が採ってきてやるよ」

「え？　でも……」

「大丈夫だって、少しぐらいならバレやしないさ！　それに、リナも白い花があった方がいいだろ？」

「それはそうだけど……」

エイブの提案にリナは逡巡する。

すると、ロトが止めに入る。

「や、やめときなよ、エイブ。危ないって……」

「ああ？　なんだよ、ビビってるのか。それでも男かよ！」

「――ッ、そ、それなら僕も行くよ！」

エイブに煽られて、ロトは震えた声で言い放つ。

男としてのプライドが、リナの前で弱気でいられなかったのか。

どうあれ、エイブとロトは森の中に行くことを決めた。

そんな二人をリナはオロオロとした様子で見つめ、

「ふ、二人も行くなら私も行くよ！」

かくして三人組は、草原を越えて白い花を求めてグランデ大森林に入り込んでいった。

◆　◆

「ロイドー、買い物に行ってくるわよ？　ロイドー？」

洗濯を終え、庭で軽く魔力制御の練習をしたのち自室で書物を読み漁っていたアイラは、いつの間にか窓の外から見える空がオレンジ色に染まり始めていることに気付き、慌てて本を閉じた。

そして廊下に出て、自室で未だ眠るロイドに声をかける。

返事はない。

アイラは小さくため息を吐き、無理やりにでも起こそうか悩んでやめた。

結局木で編まれた買い物かごを引っ提げてアイラは一人で家を出る。

東門近くに向かい、商店街を物色しながら夕食を何にしようか考える。

以前ロイドに料理を褒められた時は渋々やっているのだと言ったが、実のところ楽しんでいたりする。

何より自分が作ったものを美味しそうに食べるロイドを見ているだけで作り甲斐があるというものだ。

「……ん？」

そうして買い物かごに着々と食材を買い入れていると、ふと近くで村人たちが慌ただしくしているのに気付き、アイラはそちらへ向かった。

「どうかしたの？」

そこにいたのはエイブ、ロト、リナの三人組の母親たちだ。

皆血相を変えて慌てている。

アイラに声をかけられ、村人たちは彼女の方を向く。

「アイラちゃん、うちの子どもたちを見ていないかい？」

「エイブたちなら昼頃見たわよ。草原に花の冠を作りに行くって」

「本当かい！」

「あの、どうかしたの？」

彼女たちの慌てぶりに何か問題があったのかと思い、アイラは聞く。

「実は、昼に遊びに行くって言って家を出ていったっきり帰ってこないんだよ。村を捜し回ってもいなくてね。何をしているんだか……」

心配そうに呟くエイブの母。

彼女の呟きに、アイラは考え込む。

そして一つの仮定に辿り着く。

「もしかして、森に……？　――ッ、おばさん、私が連れ戻してくるわ。これ、預かっておいて！」

「ア、アイラちゃん……!?」

エイブたちは森に入ったのではないか。

そんな最悪の可能性が脳裏を過り、アイラは買い物かごを押し付けて北門の方へと走り出した。

「お、あったぜ！　リナ、これだろ？」
森に入って数分後。エイブは木の根元に咲く白い花を指さしてリナに声をかけた。

それを見てリナはパッと笑顔を咲かせる。

「うん！　ありがと、エイブ！　ロト！」

「へへへ」

「僕は何もしてないよ……」

エイブとロトはそれぞれ照れた笑みを浮かべる。

「じゃあさっさと戻ろうぜ。もう夕方だ、お袋に怒られちまう」

「そうだね」

「迷わないうちに帰りましょう」

白い花を幾本か摘み取り、帰ろうと今まで来た道に足を向けたその時だった。

――木の陰から魔獣が飛び掛かってきた。

「うわぁ――ッ！」

魔獣の凶刃（きょうじん）を避けられたのは幸運だった。

エイブは反射的にその場に倒れ伏し、魔獣の初撃を躱す。

その反動で魔獣は木の幹に自ら突っ込んだ。

唸り声を上げながらその場でよろめく魔獣。

その時、エイブたちは気付いた。

自分たちがいる場所とは反対側の木々の影に、数十の光があることに。

そしてそれらすべてが魔獣の瞳であることに。

「に、逃げろぉ――ッ!!」

そう叫んだのは誰だったのか。

エイブたちは一目散にその場から逃げ出した。

3

「……ん、くぁあぁー」

ベッドの上で伸びをしながら、ロイドは窓の外に視線を移す。

オレンジ色に染まる空を見て、今が夕方であることに気付いた。

「アイラにどやされるな、これは」

さすがに寝過ぎたかと、一階にいるであろう弟子に怒られるのを覚悟する。

重たい体をなんとか動かしてローブを羽織り、杖を手にして部屋を出る。

そして階段を下りて一階に行くと、そこにアイラの姿はなかった。

「……ん？　買い物か？」

いつもキッチン近くに置いてある買い物かごがなくなっていることに気付き、ロイドはそう断ずる。

それならもう少しだけ寝るかと自室に引き返そうとしたところで、ロイドは足を止めた。

「――」

北の方を睨むように見つめるロイドの表情は険しい。

「なんだこの気配。……厄介な魔獣でも現れたか？」

ロイドが感じ取ったのは嫌な気配。それが北の方から感じられる。

この感覚をロイドは知っている。

時々、長い間森の奥で潜伏し力を蓄え続けていた魔獣が現れることがある。

そういう時、ロイドは殆ど言ってもいいぐらいこの感覚を抱く。

つまり、魔獣が放つ瘴素。それを感じるのだ。

壁に掛けられている時計に視線を移す。

時間を確認してからロイドは面倒そうに小さくため息を吐いた。

「アイラが帰ってくる前にさっさと倒しとくか」

テーブルに立てかけておいた杖を持ち直し、ロイドは家を出る。

そして北門へ向かう道すがら、やけに村全体が騒がしいことにロイドは気付いた。

「どうかしたのか？」

近くにいた村人の一人に世間話程度の感覚で話しかける。

村人は声をかけたのがロイドであることに気付くと、表情を明るくした。

「ロイド様！　そ、それが子どもたちがこの時間になっても帰ってこなくて、村人総出で捜してたんですよ」

「ガキどもが？　……まー、そういう時もあるだろ。俺も昔夜遅くまで外出して怒られたもんだ。

帰ってきたら叱ってやりな」

「そうなんですが……」

ロイドが苦笑しながら返すと、村人は再び憂いを帯びた表情で俯く。

「まだ何かあるのか？」

「それが、同じことをさっきアイラちゃんにも話したら、血相を変えて北門の方に。……あ、これ、アイラちゃんから預かったんですけど」

「アイラが？」

村人が差し出した買い物かごは、確かにアイラのものだ。

しかしどうして……。

そこまで考えて、ロイドは「ん？」と思考を止める。

「待て、北門の方にと言ったな」

「はい。私が連れ戻してくるって言って……」

「――ちっ、なんだってこのタイミングで……！　状況はわかった、俺がなんとかする。他の奴らにもそう伝えといてくれ」

「は、はい！」

ロイドの言葉に村人は安堵の表情を浮かべる。

だがロイド自身はその真逆の、厳しい表情で北門の方へと走り出した。

「はぁ、はぁ、はぁ……！　こっちだ！」

魔獣と邂逅（かいこう）してから数分。エイブたちは後ろを一度も見ることなく一目散に森の中を走り回っていた。

その最中、エイブがリナたちに声をかける。

だが、エイブとて道がわかっているわけではない。

今走っている方向が森の外に向かっているのか、中に向かっているのかもわからない。

それでもこうして道を指し示すのは、後についてくる二人を安心させるためだ。

そうしてあてもなく走り続けていくうちに、三人の体力はどんどん消耗していく。

「きゃ……っ！」

その時、リナが木の根に足を取られて走っていた勢いそのままに地面を転がる。

エイブとロトは慌てて振り返る。

リナは服を泥だらけにし、体にいくつもの擦り傷を刻みながら地面に突っ伏す。

「大丈夫か！」

エイブたちが駆け寄ると、リナは体をゆっくりと起き上がらせて「だ、大丈夫……」と答える。

しかしその言葉とは裏腹に声は涙交じりだった。

けれど今はそのことを気にかけている時間はない。

リナがなんとか立ち上がるのを待ってから、すぐさま三人は再び走り出そうとする。

だが、既に遅かった。

三人の周りを、退路を塞ぐように囲む魔獣の群れ。

その数はざっと二十を数える。

全身から黒いオーラ——瘴素をまき散らしながら、エイブたちを「ガルルルル……」と威嚇する。

思わずロトの口から「ひぃ……」という悲鳴が零れた。

「ご、ごめんっ、私のせいで……ッ」

自分が木の根に足を引っかけたせいで魔獣に追いつかれてしまったことを謝罪する。

エイブがそれを否定するように口を開いた。

「リナは悪くねえ。……俺が森に入ろうって言いだしたのが悪いんだ」

謝り合う二人の傍で震えるロト。

そうしている間にも、周囲を囲っていた魔獣がジワジワと距離を詰めてくる。

そして、その間合いに入った瞬間——正面の魔獣が地を蹴った。

涎(よだれ)をまき散らしながら魔獣がエイブたちに飛び掛かる。

僅かな光を反射する獰猛な牙を見て、エイブたちは思わず目を瞑った。

その時——

「——《迅雷》ッ!!」

凛々しい声と共に森に光が奔(はし)る。

紫電は正確にその魔獣を撃ち抜いた。

「……へ？」

気の抜けた声を漏らしたのは誰だったのか。

自分たちに襲い掛かっていた魔獣が突然地面に落ち、そのまま動かなくなったのだ。

一体何が。

それを理解するよりも先に、エイブたちの前方から人影が現れた。

「よかったッ、間に合った……！」

「アイラ……ッ」

赤髪を乱し、肩を上下させて息をするアイラ。

ここまで全力で走ってきたことがわかる。

アイラの姿を認識した魔獣が数体彼女の方へ飛び掛かっていくが、それを《迅雷》でなんなく倒し、エイブたちの元へ駆け寄る。

「大丈夫？　怪我はない？」

十体以上の魔獣がまだ周囲に残る中、アイラはエイブたちに優しく声をかける。

彼女の問いにエイブたちは小さく頷き、それから同時に俯いた。

「ごめん、アイラ。俺……ッ」

「話は後よ。とにかく今はここから逃げましょう。立てるわね？」

アイラの言葉に地面にへたり込んでいたリナたちが立ち上がる。

そしてその場から立ち去ろうとして、そうはさせまいと残る魔獣が一斉に飛び掛かってきた。

「ッ、走るわよ！」

一度に複数の魔法を同時展開できないアイラは、どうしても多勢を相手におくれを取る。

エイブたちを引き連れて走り出しながら、アイラは《迅雷》を何度も行使して迫りくる魔獣の数を減らしていく。

だが――。

「数が多過ぎる……ッ」

どこから現れてくるのか、倒しても倒しても魔獣がアイラたちを追ってくる。

こういう状況に陥って、アイラは改めて自分が今までどれだけロイドに守られてきたかを自覚した。

いつもの修行の中では、心のどこかでロイドが守ってくれるという安心感があった。

しかし今、ロイドはこの場にいない。

焦りからいつものような冷静さが奪われ、魔法の構築が甘くなる。

子どもたちを守らなければならないという事実が神経を擦り減らし、走り続けていることで生じる疲労と合わさって狙いがそれ、魔獣を撃ち抜けなくなってくる。

魔力を消耗し、疲労が蓄積されていく中で泣きそうになりながら、アイラはチラリと傍を走るエイブたちに視線を移した。

自分よりも幼い彼らは体力的にも身体能力的にも遥かに劣る。

このまま子どもたちを引き連れて逃げ回っていては、いずれ彼らの体力も自分自身の魔力も尽き、魔獣の脅威に抵抗できなくなる。

——子どもたちを見捨てれば、自分一人だけならば逃げおおせることができる。

(バカなことを考えるんじゃないわよ！　私は、誰かを助けるために賢者になることを目指したんだから……ッ)

一瞬でも脳裏を過ってしまったその選択肢を、アイラは一蹴(いっしゅう)する。

自分が賢者を志し、ロイドに弟子入りすることを決めた日の決意をアイラはこの状況で胸に深く刻みなおした。

4

「クソッ、どこだ……ッ！」

グランデ村を出たロイドは草原を捜索し、そしてグランデ大森林に足を踏み入れた。

だが既に陽は沈み、ただでさえ薄暗い森の中が更に暗くなっている。

視界が利かない中での捜索は骨が折れる。

そんな状況下で、ロイドの表情はいつになく険しく、焦りに満ちていた。

「——ッ、邪魔だ」

突如現れた三体の犬型魔獣に向けて、ロイドは苛立ちながら魔法を放つ。

不可視の刃は正確に魔獣の体を両断した。

「ガルァア……ッ！」

「……ッ、まだいやがったか。クソッ、どうしてこういう時に限って」

倒された三体の魔獣の後を追うように、木々の奥から今度は五体の魔獣が現れる。

それらを同じく魔法で排除しながら、ロイドは走り続ける。

その間にも何体もの魔獣と遭遇した。

この間から気になってはいたが、明らかに魔獣の量が多い。

まるでグランデ大森林の奥地に踏み入ってしまったかのようだ。

「ッ、今はそんなことを考えてる場合じゃねえ。アイラたちはどこだ！」

アイラと、そして森に迷い込んでいるであろう三人の子どもたちのことを思い浮かべる。

このまま闇雲に捜していても見つけられそうにない。

一旦自分自身を落ち着かせるためにその場に立ち止まる。

それから大きく息を吐き出して呼吸を整えた。

「落ち着けッ、アイラなら魔獣と遭遇しても《迅雷》で凌(しの)げるはずだ。……問題はガキどもと合流していた場合だが……」

アイラの性格から考えて、子どもを見捨てて一人だけ逃げることは考えにくい。

彼女が自分の下に魔法を学びたいと現れた時。

その時にアイラが口にしたことが嘘でなければ。

「────」

突然、ロイドは弾かれたように森の一点を凝視する。

「今のは、魔力か……？」

魔力を感じたということは、誰かが魔法を行使したということ。

この時間、こんな場所で魔法を使う者がいるとすれば──。

「……ッ」

ロイドはすぐさま表情を引き締め、魔力を感じた方向へと駆け出した。

◆◆

「はぁ、はぁ、はぁ……ッ」

アイラの息が荒くなっていく。

見れば、エイブたちももう限界といった様子だ。

そして、アイラの魔力も底を尽きかけていた。

走りながら、休む暇もなく数十回の魔法行使を行い続けてきたのだ。

いくら世界樹(オルビス)の近くだとはいえ、回復が追い付かない。

「ッ、行き止まり……」

絶望的な状況にある四人に、大自然がもう諦めろと告げてくる。

魔獣に追われながら逃げた先。そこには深い谷が広がっていた。

とても飛び越えられそうにない。

すぐさま別の逃げ道がないかを探す。

だが辺りは木々で阻まれ、僅かな隙間を魔獣が埋めていく。

逃げ場を失い、周囲を魔獣が取り囲む。

その数はおよそ二十を数える。

逃げ惑っている間に魔獣たちは合流し、更にその数を増やしていたのだ。

「アイラお姉ちゃん……」

リナが不安そうにアイラの服を摘んだ。

エイブやロトも、口には出さないが怯えている。

無理もない。修行で魔獣を幾度となく葬ってきたアイラでさえ、この状況に恐怖を抱いているのだから。

「大丈夫よ。私が倒してみせるから」

だがリナを勇気づけるためにアイラはそう笑いかける。

――そんなこと、できるわけがない。

魔獣たちはもう逃がすまいと、今度は全員で飛び掛かってきそうな気配だ。

瘴素で強化された肉体の影響で、魔獣たちには一切の疲れが見えない。

そして複数の魔獣に一気に襲われでもすれば、それこそアイラに倒す手立てはない。

それも背後にいるエイブやロト、リナたちを守りながら。

どうにかして三人だけでも逃がすことはできないか。

どれだけ考えたところで退路はない。

最早これまでだ——と、思うことができない。

これ以上ないピンチに、しかしアイラは諦めない。

諦めて、誰も守れずに死んでしまってはロイドの下で魔法を学ぶと決意したあの日の自分を裏切ることになる。

なんとか、この状況を打開する策はないのか。

考えて、考えて、考える。

——その時、アイラの脳裏をある言葉が過った。

『——ピンチになった時に使えば、どんなピンチでも乗り越えられる魔法だ』

「——ぁ」

思わず、小さく声を漏らす。

魔法の試験に合格した時に、自分の師匠に教わった魔法。

ピンチの時に役立つ魔法。

今がそのピンチでなくて、一体いつ使うというのか。

光を放つだけのただの目くらましにしかならない魔法がなんの役に立つのかわからない。

だがそれでも、ロイドは弟子は師匠を信じるものだと言った。

なら――信じる。ロイドの言うことなら、信じられる。

「皆、少しだけ目を瞑ってて」

エイブたちにそう声をかけると、彼らは戸惑いながらも頷いて目を瞑った。

それを確認して、アイラは残るすべての魔力をこの一度の奇跡に注ぎ込む。

「《其は世界の理を示すもの、摂理を司り、万物を支配するもの。我は請う、理の内に在るものに、導きの理を》ッ」

力の限りを尽くして詠唱を紡ぎあげ、体内を荒れ狂うようにして巡る魔力を集中させる。

そして――、

「――《閃光(フラソール)》ッ!!!!」

その名を叫んだ瞬間、アイラの周囲が眩(まばゆ)く光る。

最早夜となり漆黒に包まれていた森の中に光が奔る。

そして数秒後、周囲を覆っていた光はおさまった。

ロイドがピンチを脱する時のために教えてくれた魔法。

きっと、これで魔獣はこの場からいなくなっているはず――。

「グルルァァアアアアアアッッ!!」

そんなアイラの期待を裏切るように、魔獣の群れは咆哮した。

アイラの魔法によって怯(ひる)む様子は一切なく、むしろどこか苛立っているような。

魔獣の眼光は冷たくアイラたちを射抜く。

そしてその直後には、魔獣の群れが一斉にアイラたちへ飛び掛かってきた。

「ッ、話が違うじゃない、ロイド――ッ!!」

弟子を裏切った師匠の名を恨むように叫びながら、アイラは最後の最後でせめてもの抵抗にエイブたちを抱き寄せる。

次の瞬間――、
魔獣たちに背中を向け、エイブたちを庇うようにして目を瞑った。

「――いや、嘘は吐いてないぞ」

「……え？」

全身に襲い掛かってくるはずの衝撃と痛みはなく、代わりに背後で魔獣の体が裂け、血しぶきが舞う音だけがアイラの耳朶を打つ。

戸惑いと共に振り返ると、そこにはアイラの師――ロイドがいた。

5

「ロ、ロイド……？」

振り返ったアイラの視界に映る黒いローブとそれを羽織る人物。

アイラたちを守るように魔獣との間に割って入ってきたのは紛れもなくアイラの師――ロイド・テルフォードだった。

「どうして、ここが……」

ロイドには森に行くと告げていない。

いやそもそも、告げていたとしてもこの真っ暗な森の中で自分を見つけることは難しい。

アイラの問いに、ロイドは不敵に笑った。

「お前が俺を信じてくれたからだよ。お前が直前に放った魔法のおかげでどこにいるかがわかった。ま、間一髪だったけどな」

「じゃ、じゃあこの魔法って……」

ただの光を放つだけの魔法。

それが持つ本当の意味とは——。

「そんなの、お前の位置を知るために教えただけに決まってんだろ？　たとえ昼間であっても、《閃光》の光は見える。アイラがピンチの時でも、居場所さえわかれば俺が助けることができる。——ほら、何も嘘は言ってねえだろ？」

おどけた調子でロイドは語る。

つまり、《閃光》という魔法そのものにピンチを乗り切る力はない。

だが強烈な光を放つことでロイドに居場所を伝え、結果としてピンチを乗り切ることができる。

「ま、要するに俺がアイラにとってのピンチを脱するための魔法みたいなもんだな。お前がピンチになるのは俺が傍にいない時ぐらいだ。そうだろ？」

ロイドは自信に満ちた表情でアイラに問う。

だがアイラはその問いに答えることなく俯いた。

「ん？　どうした、アイラ。いつものお前なら調子に乗るなぁとか言いながら殴りかかってくるだろ？　どこか怪我でもしたか？」

予想に反してしおらしい弟子の姿にロイドは困惑しながら心配の声をかける。

丁度その時だった。アイラの瞳から涙が溢れ、地面にポタリと落ちた。

「ロイド、ロイドぉ……」

いつの間にか涙がとめどなく溢れ出し、アイラの顔を濡らしていく。

見ると彼女の全身が震えだしていた。

「――ッ」

それを見て、努めておどけた表情と態度でいたロイドは真剣にアイラを見つめる。

彼女が背後に庇っていた三人の子どもたちも視界におさめて。

ロイドは片膝をつき、目線の高さをアイラと合わせると彼女の頭に優しく左手を乗せる。

「――よくやった。後は俺に任せろ」

「……うん」

ロイドの言葉に、アイラは小さく頷く。

それを見届けて、ロイドは杖を強く握りしめて立ち上がった。

振り返った先の地面には、数十の魔獣の死骸が転がっている。

アイラと合流した時、一瞬でこの場にいた魔獣すべてを倒したのだ。

だが――、

「――まだ出てきやがるか。……いいぜ、相手してやるよ。俺も久しぶりに暴れたい気分だからな」

奥からわらわらと現れる魔獣の群れ。

その数は先ほどよりも更に増している。

たった数十分の間にこれだけの魔獣が現れるなど明らかにおかしい状況だ。

しかし今のロイドにとってそんなことはどうでもいいことだ。

杖を頭上に掲げる。

ロイドの体から魔力が噴き出し、草木を揺らす。

その魔力に魔獣が怯んだ時には――上空に巨大な魔法陣が浮かび上がっていた。

ロイドの魔力で白く輝くそれは、ゆっくりと回転し出し、次第に加速していく。

魔法陣に描かれている紋様が見えないほど高速で回転するのに合わせて、ロイドは告げた。

「――消え失せろ」

術者の認識によって魔法陣から生み出されたのは数十、数百の土の槍。

それらはとめどなく地に降り注ぎ、間にある木々の枝葉をものともせず地面に蔓延(はびこ)る魔獣たちを穿つ。

圧倒的な物量による範囲殲滅。

本来魔法を放つ際にはそのタイミングでだけイメージすればいい。

だがこの魔法は違う。

持続的に魔法陣から土の槍を放つ魔法は、行使している間ずっとそのイメージを保ち続けなければならない。

物量で押し切る乱雑な魔法に見えるが、その実賢者としての実力とそれに見合う魔力が必要な超高難易度の魔法だ。

ロイドはそれを事もなげにやってみせる。

涙で滲んだアイラの視界に映る師の背中は、いつになく頼もしい。

最終的に数千の土の槍が地面に降り注いだか。

それだけの攻撃を受けて、最早地上にいた魔獣に立っているものはいなかった。

周囲にいたはずの数十の魔獣はこうして一掃された。

「……ふぅ、意外にあっけなかったな」

念のため周囲を警戒するが、魔獣らしき気配は感じられない。

これだけ倒してもまだ出てこられるとなると、さすがのロイドでも驚くしかない。

(暫くは、アイラの実戦形式での修行はお預けかもな)

倒すべき魔獣がいなければやりようがない。

小さく息を吐き、ロイドは振り返った。

「終わったの……？」

「あぁ、これで終わりだ。動けるか？」

「……平気。魔力切れでフラフラするけど」

ロイドの気遣いに対するアイラの応答はひどく素っ気ない。

先ほど泣き喚いたことを気にしているのだ。

弟子のそんな可愛らしい一面にロイドは苦笑する。

「なんでもねぇよ。ほら、さっさとガキ共連れてこんな場所退散するぞ。――っと」

そこでようやく、アイラの後ろに隠れていた三人組が小さな寝息を立てて眠っていることに気付いた。

「な、何よ……ッ」

「魔獣の住処(すみか)で寝るとか、豪気にもほどがあるだろ」

呆れ交じりにロイドがそう呟くと、アイラはいつになく優しい笑みを浮かべてそれに応じる。

「ロイドが来たから、きっと安心して疲れが一気に襲ってきたのよ。魔獣の住処でも、ロイドの傍以上に安全なところなんてないもの」

「……何、お前やっぱり頭打ったか？　急に素直になりやがって、怖い、すげぇ怖い」

「どうせ私は素直じゃないわよ！」

ロイドを睨み返しながらアイラは吼(ほ)えた。

「さてと、こいつらは風の魔法で運ぶとするか。アイラ、お前は歩けるよな」

「さっき確認したでしょう？　大丈夫よ」

「ならよし。えーっと、こいつらを運ぶのに最適な魔法は……」

三人組を村まで送り届けるための魔法を、脳内に蓄積された数百、数千の魔法の中から選ぶ。

そんなロイドを、アイラは羨ましいと思った。

まだ賢者見習いに過ぎないアイラの魔法のレパートリーは少ない。

少なくとも今のロイドのように使う魔法を悩むことは絶対に起こり得ない。

それに、先ほど魔獣を殲滅した魔法。

あれの威力もすさまじかった。

ゆくゆくはああいう魔法を扱えるようになりたい。

命の危機を脱したばかりのアイラは、しかし貪欲に新たな目標を抱いた。

――と、その時。

「ッ！　アイラ、伏せろ！」

「え……？」

突然そう叫んだロイドは空を見上げている。

一体どういう意図でそう指示したのかわからないが、アイラは大人しくロイドの言った通り上体を低くする。

直後、アイラの背筋を何かがゾワリと這う。それは悪寒のようで何かが違う。

恐らく同じものをロイドも感じ取ったのだろう。

ロイドは空の一点を見つめ――。

「やっべ……！　――《防護(サンク)》ッ！」

これまで過ごしてきた中で、魔法を教えてくれる時以外は絶対に口にしなかった魔法名の詠唱――

――名唱を、ロイドが口にした。

その瞬間ロイドの杖の先から魔法陣が現れ、まるで盾のようにアイラたちの前方に構えられる。

そして、夜空に溶け込むような漆黒の光の濁流が――ロイドが展開した魔法陣に直撃した。

6

「――――」

白い光と漆黒の光が激突する。

魔法陣によって阻まれ、それた漆黒の光の濁流は周囲の地面や木々を破壊する。

数秒間拮抗した後、ようやくソレは消え去り、ロイドは《防護(サンク)》を解いた。

「大丈夫か？」

「う、うん……」

ロイドの問いかけに、アイラは自分とそして子どもたちの様子を確認してから頷いた。

そして辺りに視線を移して愕然とした。

ロイドの魔法によって守られていなかった場所の地面は抉れ、木々はへし折られている。

それをなした元凶は一体なんなのか――

アイラはロイドに倣(なら)って夜空を見上げた。

北の空から現れたのは、その巨大な体躯から瘴素を放つ一体の――

「――竜!?」

思わずロイドの口から驚きの声が漏れ、遅れてその存在に気づいたアイラも目を見開き、あまりの衝撃に驚きの声すらでない。

先ほどの攻撃があの竜によるものだということは何よりもこの状況が歴然と物語っていた。

魔獣化した竜――魔竜はそのまま滑空し、向かい合う頂へと降り立つ。

周囲に生い茂っていた木々は、魔竜が降り立ちながら翼を上下させて生じた風圧で吹き飛んだ。

こうして木々が一掃され開けた場所で、ロイドたちと魔竜は谷を挟んで相対した。

「どうして、魔竜がこんなところに……?」

アイラが零した疑問と同じものをロイドも抱いていた。

大気を舞う瘴素に侵された動物が魔獣となる。

魔獣化はその個体が持つ生来の力が弱いほど早く進む。

その代表として犬や狼などがあげられる。

それ故に世界樹（オルビス）の近くであるこの辺りでは、犬や狼、極稀に熊などの魔獣としか遭遇しえない。

そして竜と言えば、自然に存在する動物の中で最高位に位置する存在。

当然並大抵のことでは魔獣化しない。

それこそ、瘴素の濃い魔界樹（ディアボロス）の近くでなければ。

だが現に、魔獣化した竜はロイドたちの目の前にいる。

このグランデ大森林に。

その事実を何故と思うのと同時に、これまでロイドが抱いていた疑問も解消された。

どうして最近グランデ大森林で魔獣に遭遇することが多くなったのか。

魔竜が北の空から飛んできたことで、その答えを得た。

魔竜が北の方角――グランデ大森林の奥地に潜んでいたのならば、その存在感に恐怖を抱き、それまでそこにいた魔獣たちが南に向かって逃れてきたのだとしてもおかしくない。

残った疑問。何故魔竜がここにいるのか。

しかし、その答えを考えている余地を、目の前の竜は与えてくれそうにない。

開かれた口の奥に瘴素が集っているのが見える。

犬や狼程度の動物では魔獣化したところで身体能力が増す程度でしかないが、高位の存在が魔獣化するとこうして瘴素そのものを攻撃に転換できる。

「うだうだ考えている暇はないな。アイラ、ガキどもを連れて下がってろ」

「わかったわっ」

即座に動き出し、ロイドの魔法による補助を受けながら三人を離れたところまで移動させる。

それを見届け、ロイドは魔竜に向き直った。

「魔竜……魔王討伐でディアクトロ大陸に入った時以来か？　瘴素の濃密さを視(み)るに、過去に戦った魔竜以上の力を持ってやがるな」

本当に、このグランデ大森林でどうやってそれほどまでに力を蓄えたのか。

疑問は次々と浮かび上がってくるが、まずは倒すことが先決だ。

「――《防護》！」

魔竜の口中から放たれた黒い光の束。

それを再び魔法で防ぐ。

後方に下がったアイラたちに危害が及ばないように、今度の魔法陣は先ほどよりも二回りほど大きい。

魔竜の攻撃を防ぎ切ったロイドは、すぐさま頭を回転させる。

すなわち、超強力な個体に対して有効な魔法を選択する。

杖を天に掲げ、魔力を外界に放出する。

空高く、雲一つなかった夜空に白く光る魔法陣が浮かび上がり、そこから黒い雲が生まれた。

そして――、

「――《神雷（アーサム）》！」

名唱の後、一際明るく魔法陣が光ると、黒雲から一筋の稲妻が降り注ぐ。

轟音を立てながら、稲妻は魔竜の体躯を――貫くことなく、稲妻は地面へと流れた。

「効いていない？　……いや、瘴素に弾かれたのか」

魔竜の巨躯（きょく）に纏わりつく瘴素を睨みながら、ロイドは冷静にそう分析する。

魔素が何かを生み出す種になるものならば、瘴素はその逆、あらゆるものを破壊するものだ。

魔竜の体の表面に渦を巻くように纏（まつ）わる瘴素が、ロイドの放った魔法を破壊し、受け流したのだ。

だがそれは、予想していたことだ。

何より魔王討伐の戦いで幾度となくそういう場面には遭遇した。

その時はこれよりも更に大規模な魔法を用いて倒していたが、

（……ここにはアイラがいる。あれを使えば巻き込みかねない）

瘴素の破壊の力を上回る大規模魔法。それは当然敵のみならず周囲にまで影響が及ぶ。

魔王討伐時はロイドの近くにはそれこそ彼と同等の存在である大賢者しかいなかったため、彼らは各々で自分の身を守ることができた。

だからこそ味方を巻き込むほどの大規模魔法を容易に使うことができた。

しかしアイラは彼らと比べるとあまりにも未熟だ。

当然、自衛などできるはずがない。

下手をすれば自分の魔法で彼女を殺しかねない。

（これは思った以上に、やりにくいな）

アイラを巻き込むことなく、しかし瘴素のバリアを突破する術。

《神雷》と似たような威力を持つ魔法は他にもある。

だがその程度の威力ではとても突破できない。

そしてそれ以上の威力を持つ魔法でもダメだ。

（方法はあるにはある。だが……）

ちらりと、アイラを見やる。

彼女は不安げにこちらを見つめていた。

全く心外だ、とロイドは思った。

お前の師が、あんなトカゲ程度に負けると思っているのかと。

再度放たれた魔竜の攻撃を、ロイドは同じく《防護》で防ぐ。

どうやらこの魔竜、戦いの経験はそれほどないらしい。

攻撃が単調に過ぎる。

いや、正確には自分よりも強者との戦いの経験がない。

この一撃があれば大抵の敵や獲物は倒せただろうから。

「仕方がない、あれを使うか。……見てろ、今すぐお前のその耳障りな咆哮を消してやる」

魔竜に向けて啖呵を切りながら、ロイドは杖を持たない左手から黒いオーラを放出した。

7

「何……？」

背後でアイラが困惑の声を上げたのがわかる。

だがロイドは振り返ることなく魔竜を睨みつけ続けた。

「これを使うのは疲れるが、早々にけりをつければいいだろう」

杖を魔竜に向けて突き出し、右手に左手を重ねる。

杖にうねるようにして巻き付く白い光——魔力とは正反対に、ロイドの左手からは黒い光が漏れだしていた。

その光景に、魔竜は一瞬気圧される。

だがすぐに敵を消し去るために口中に瘴素を集める。

「これが効かなかったらいよいよもって大規模魔法を使うしかないが、理論上は大丈夫だろう」

言いながら、杖の先端に白く光る魔法陣を現出させる。

そしてその魔法陣の周囲を左手に纏わりついていた黒い光が覆った。

「――《風刃(ベリケム)》」

放たれたのは不可視の刃――のはずだ。

だが魔法陣から放たれた魔法には、刃の形状をした不可視の何かに黒い光が纏わりついている。

見えないはずの魔法が、見えている。

真っ直ぐ魔竜に向かって飛翔すると、風の刃は魔竜の体躯にぶつかる。

この程度の威力の魔法ならば先ほどの《神雷》のように魔竜が纏う瘴素によって弾かれるはずだ。

しかし、今目の前で起きた光景は違った。

風の刃に纏わりついていた黒い光が魔竜の纏う瘴素と共に弾け飛び、がら空きとなった巨躯へ風の刃が食い込む。

血しぶきを立てながら魔竜は「グォォオオオッ」と大気を震わす咆哮を上げた。

それを見て、ロイドはニヤリと笑う。

「俺の見立て通り、これには弱いんだな。なら――」

ロイドが杖をかざすと魔竜の頭上に魔法陣が現れ、回転を始める。

先ほど魔獣を掃討する時に使った魔法だ。

加速に加速を重ねた魔法陣から数百の土の槍が放たれる。

先ほどと違うのはどの槍にも黒い光が纏わりついているということだ。

魔竜はその図体の大きさゆえに避けることがかなわず、放たれた土の槍のおよそ七割以上が魔竜の体躯を貫いた。

苦しそうに叫び声を上げる魔竜。

それでも空に逃げようとしないのは、逃げるという理性を瘴素によって破壊されているからだ。

魔獣化した竜ならば、その影響はより強く出る。

ボロボロの翼を大きく広げ、魔竜は最期の抵抗とでも言いたげに身に纏う瘴素を増大させていく。

そしてそれを翼近くに集約し、小さな黒いビームを幾本もロイドに向けて放った。

「たくっ、魔獣化してからどれだけ時間が経ってんだ。瘴素の扱いに慣れ過ぎだろ」

呆れ気味にそう呟きながら、ロイドは《防護》を行使する。

これもやはり、魔法陣に黒い光が見える。

自分たちに危害が及ぶ範囲の攻撃だけを防ぎ切ったロイドは、止(とど)めを刺すべく魔力を更に放出する。

そこでようやく、死を悟った魔竜に生存本能が呼び戻された。

すぐに翼を広げ、空に羽ばたこうとする。

だがその両翼は既に穴だらけで、とてもではないが飛べる体ではない。

それに――もう遅い。

「――《神雷》ッ」

魔竜に対して行使した最初の魔法。

空から黒い稲妻が降り注ぎ、魔竜の全身を焼き尽くす。

そうして、魔竜は悲鳴のような咆哮と共に灰となって消え去った。

「これで、本当にすべて終わったな」

魔竜という、下手をすれば国の存亡にも関わってくる脅威を倒したにもかかわらず、ロイドは事もなげにそう呟いた。

「……ん？　どうした、変な顔しやがって」

振り返った先にいるアイラの表情を見て、ロイドは思わず吹き出す。

ぽかーんと、口を半開きにして呆然としていたのだ。

ロイドの言葉でハッとしながら、アイラはすぐさま立ち上がって詰め寄る。

そして、魔竜を倒したことへの称賛より何よりも先に、一つの問いを投げた。

「今の、なんなの！」

「ん、なんのことだ？」

「惚けないで！　魔竜を倒す時に使っていた黒い光のことよ！　あんな魔法があるなんて、私今まで一度も聞いたことがないわよっ」

「そりゃあ教えてないからな。――っと、だからって教えねえぞ」

「どうしてよ！」

魔竜さえも打倒する力。それは欲しい。すごく欲しい。

彼女のその考えを読んだかのように告げたロイドの言葉に、アイラはかみつく。

すると珍しく少し困ったような表情を浮かべながら、

「あれは賢者の秘術みたいなもんだ。それこそまだ見習いでしかないお前に教えるもんじゃない。前も言ったが、物事には順序ってものがあんだよ、順序ってものが」

「じゃ、じゃあいつになったら教えてくれるの？」

「……そうだな、俺がお前を一人前の賢者と認めた時だな。その時に教えてやるよ」

「！　約束したからねっ！」

言質を取り、アイラの表情は瞬時に明るくなる。

現金な弟子の姿にロイドは苦笑しながら、

「元気なことは結構だが、今はそんなこと後だ後。先にやることがあるだろ。ガキどもの親も心配してるだろうしな」

「――ッ、そ、そうだった……」

つい目の前のことに夢中になっていた自分を恥じながら、アイラはすぐさま子どもたちの元へ駆け寄る。

あれだけの戦いがあったというのに未だ熟睡していた。

「帰るか」

眠る三人を見て苦笑交じりに呟かれたその言葉に、アイラは大きく頷いた。

結局グランデ村に着いた時には朝日が遠くの山からその顔を覗かせていた。

眠ったままの三人をそれぞれの家族の元へ届けてロイドたちは自分たちの家へと帰ってきた。

「起きたら相当怒られるだろうな、ガキ共」

リビングのソファに座り、アイラの淹れた紅茶を飲みながらロイドは愉快そうに笑う。

「笑い事じゃないわよ。でも、当分の間は外出禁止かもしれないわね」

親の気持ちを考えるとそうなるだろう。

三人が外で元気に遊ぶのを見るのが好きだったアイラにとっては残念だが、仕方がない。

暫くは自らの軽率な行動を猛省すべきだろう。

もっとも、森で合流した時の彼らの表情や態度を見たアイラは、十分に反省しているはずだと思った。

アイラもロイドの横に腰掛け、紅茶を飲む。

すぐ横に座る師の姿を見ると、どうしても森の中で魔獣や魔竜と戦っていた彼の姿が脳裏を過る。

あの圧倒的な力は、三年前のあの日から何も変わっていなかった。

ロイドに命を救ってもらったあの日から。

そして変わっていないのは自分も同じだと、アイラは思う。

勿論、悪い意味でだ。

結局三人を助けたのはロイドで、自分は何もできなかった。

その無力さは、やはり三年前のあの日と何も変わらない。

「……やっぱり、私は賢者に向いていないのかもしれないわね」

ボソリと、そんなことを呟いてしまった。

「なんだ？　急にどうした」

「だって、結局私もあの三人同様ロイドに助けられただけじゃない。そんな私が賢者を目指すなんて、間違ってるのかなって」

「────」

いつになく落ち込んでいる弟子の姿に、ロイドはすぐには返事をしなかった。

暫くアイラを見つめ、それから視線を天井へ移す。

「……無力な人を助けられる存在になりたい、だったか？」

「……うん」

ロイドが口にした台詞。

忘れもしない。それはアイラが、ロイドに弟子入りを志願した時に口にした言葉だ。

「なら賢者になることをこのまま目指していいんじゃないか。少なくとも、お前が目指す賢者に、今日はなれたんだからよ」

「え？」

「お前は最後の最後までガキどもを見捨てなかった。賢者としての素質なんて、それで十分じゃねえか。細かいことをグダグダ考えるのはお前らしくないぞ。それにな――」

そこで一度言葉を区切り、ロイドはどこか懐かしむような眼差しで話を続ける。

「弟子は師匠に助けられるもんなんだよ。俺だって魔法を学びたての頃はよく師匠に助けてもらったもんだ」

「ロイドも？」

「ああ。ま、当時は俺も素直じゃなかったからな。よく喧嘩もしてたよ」

「素直じゃないのは今もじゃない」

「おいこら、今いい話してるところだろうが」

アイラの突っ込みにロイドは噛みつく。

それがなんだか可笑しくて、アイラは思わず笑った。

「……ありがとう、ロイド。なんだか元気が出たわ」

それは、嘘偽りないアイラの心からの感謝だった。

ロイドは一瞬虚を突かれたような表情をし、それから小さく「ああ」と頷いた。

やはり、なんだかんだ言ってロイド・テルフォードはいい師匠だ。

やる時はやるし、弟子である自分にも真摯に向かい合ってくれる。

アイラは心の中でロイドにもう一度感謝した。

「しっかしまあ、あれだな。ロイド、ロイドぉ……って呟きながら泣き出したお前は中々可愛げがあったぞ。いつもそれならいいのにな」

「――――」

アイラの表情が一気に引き攣る。

対してロイドはにやにやと意地の悪い笑みを浮かべている。

「その後も俺の指示に素直に従って……いや、いつものお前からは全然想像できな――」

「いいから黙れぇ……!!!!」

やっぱり最低最悪な師匠だ。

アイラは顔を真っ赤にしながら手近にあったクッションをロイドの顔目がけて投げつけた。

第三章

1

グランデ村での騒動から暫く経ち、村内は落ち着きを取り戻した。

エイブたちも最近になってまた村の外に遊びに行くことを許されたらしい。

だが当然、出かける際は何時までどこへ行くのかというのをしつこく聞かれているみたいだが。

その一方で、魔獣や魔竜を倒したロイドの活躍はエイブたちによって村内で英雄譚（たん）のように語られ、それが行商人の口を伝って国内外に流布（るふ）されてもいた。

そんなことになっているとは露ほども知らないロイドは、自宅の地下室――工房にて難しい顔で紙にペンを走らせていた。

「……これだと厳しいか。いや、理論的にはこのままでも……」

賢者とは、何も魔法を振るうことだけを生業（なりわい）にしているわけではない。

魔法を扱う以前に、それを学び、深め、生み出すことこそが賢者の本分でもある。

ロイドは今まさに、魔法に関する研究を行っている。

魔王を討伐して以来この辺境の地で暮らし始めてから、ロイドは強力な魔法を使うことが少なくなった。

弟子であるアイラの育成に注力してきたロイドだが、しかしその傍ら、賢者として智慧（ちえ）を磨いてもいたのだ。

基本的にアイラは工房に勝手に入ることを許されている。だがこうして机の前に座り、魔法の研究をしている時だけは入ってはいけないとロイドは厳命している。

魔法の研究には相当な執念と時間、そして集中が必要であることはアイラも理解している。だからその指示を破ったことはない。

今も彼女は家の庭で一人、周囲に影響を及ぼさない程度の魔法の修行をしているところだ。

「……ふぅ、今日はこのぐらいにしとくか」

大きく息を吐き出し、ロイドはペンを紙の上に置いて目頭を押さえた。

イスの背にもたれかかり、脱力する。

そうしながら暫くの間呆然と天井から吊り下げられたランプを眺めていた。

すると、突然一階からアイラが自分を呼ぶ声が届き、薄れかけていた意識が一気に現実に引き戻された。

「ロイド、お客様よ！」

「んん……？」

気だるげに視線をドアの方へと向けながらゆっくりと立ち上がる。

そして階段を上がり、一階へ行くと玄関に立っていたアイラが助けを求めるようにロイドに視線を向けてきた。

「どうした、アイラ。いつもの連中ならもう適当に追い返してでも――」

「違うわよ！　えっと、その……」

どう言えばいいのか困り果てているアイラ。

そんな彼女の後ろ、家の外からその女性は顔を覗かせながら声を発した。

「――久しぶりー、ロイド！　元気にしてた？」

満面の笑みを浮かべながらロイドに向けて手を振り、再会の挨拶を口にする女性。

彼女が羽織る黒いローブの胸元には、ロイドがつけているものと同じ金色に輝く勲章――大賢者の証がつけられていた。

「レティ……！」

彼女の姿を視認すると同時に、ロイドは目を見開いて目の前の女性の愛称を口にした。

と同時に、アイラが焦って自分を呼び戻した理由を理解した。

レティと呼ばれた女性は腰ほどまでの亜麻色の髪を靡かせながら、その碧眼(へきがん)をロイドに向けている。

そう、彼女こそが三年前ロイドと共に魔王を討伐した大賢者の一人――レティーシャ・メイシーだ。

◆　◆

「――で、どうしたんだよ。今までなんのやり取りもしてなかったってのに急に家にまで押しかけてきて」

「えへへ、びっくりした？」

「当たり前だろ」

おどけた笑みを浮かべながら悪戯（いたずら）が成功したことに無邪気に喜ぶ幼馴染に、ロイドは呆れ交じりのため息を送る。

場所は応接間。二人はソファに腰掛けている。

アイラはその様子をドアの近くで黙って見つめていた。

「少し仕事でこの国に来たからね。途中でロイドがこの村で暮らしているっていう話を聞いて、寄っただけだよ」

「話？」

「そう、噂話。聞いたよ、随分と派手にやってるんだってね。なんでも、魔竜を倒したって」

「……さてはガキども、言いふらしやがったな」

「大賢者としての使命を果たした、そういう噂が流れるのはロイドにとっていいことだと思うよ？」

魔王を倒してから三年間も戦わず辺境で隠れるように暮らしているロイドに対する世間の評価は厳しいものだ。

落ちこぼれ、臆病者、大賢者の恥。

それが少しでも改善されるのなら、いいことだろうとレティーシャは指摘する。

だがその考えを、ロイドは鼻で笑い返す。

「元より、大賢者としての使命なんてないだろ。この称号は与えられたもので、望んだものじゃない」

「だとしても、私たちが大賢者であることは変わらないよ。……ねぇ、ロイド。あなたはどうして戦うことをやめたの？」

「………」

レティーシャの問いに、ロイドは口を閉ざす。

そして少しの沈黙の後、大きく息を吐き出した。

「そんなことは、今はもうどうだっていいだろ。少なくとも俺の戦いはあの日に終わったんだよ。

――それより」

神妙な面持ちから一転、ロイドは話題を変えるべく少し明るい表情を浮かべる。

「さっき仕事って言ってたが、何しに来たんだ。こんな辺境の国、それこそ世界樹（オルビス）ぐらいしかないだろう？」

「……うん」

ロイドの強引な話題転換に不満を抱きながらも、レティーシャはその流れに従うことに決めた。

「その世界樹に用があって来たんだよ」

「世界樹に？　一体なんのために」

魔法を扱う賢者が療養のために世界樹の近くを訪れるのはよくあることだ。

体内を魔力が循環する賢者にとって、魔素が大気に多く漂う環境にいるだけで少なくとも摩耗（まもう）した気力は回復する。心が軽くなるのだ。

だがレティーシャは仕事でと言った。

療養の可能性は低いだろう。

「それはさすがのロイドにも言えないなぁ。極秘の話だから。……まあ、ロイドが私についてくるって言ってくれるなら話は別だけどね」

「なら聞かなくていいさ。別段興味があるわけではないからな」

「だろうね」

ロイドの返答がわかっていたと、レティーシャは苦笑した。

「それで？　今日はこのまま泊まっていくのか」

窓の外を見ると既に陽が沈みかけている。

このまま世界樹に向かえば着くころには夜になっているだろう。

「そうだね、お邪魔でなければ御厄介になろうかな」

「邪魔だがかまわねえよ」

「ありがとう。……あ、工房も貸してくれると嬉しいなっ」

「魔力水を作るのか？」

「うん。ここに来るまでに手持ちを使っちゃったから補充をね」

レティーシャが肯定すると、ロイドは肩を竦める。

「世界樹（オルビス）の袂（たもと）に行くなら、魔力水なんていらないんじゃないのか？」

「ま、何が起こるかわからないからね。念には念をだよ」

「そういうところは相変わらずだな。いいぞ、好きに使ってくれ」

レティーシャは以前からこういう性格だ。

魔王討伐のためにディアクトロ大陸に足を踏み入れた時も、彼女のこの慎重さで命の危機を脱したこともある。

そのことを懐かしく思い、ロイドは苦笑しながらレティーシャの申し出を受け入れた。

2

「ここがロイドの工房かぁ。相変わらず散らかってるなー」

応接間でのやり取りの後、レティーシャたちは工房へと移動した。

早速魔力水を作ってしまおうというわけだ。

地下へと通じる階段を下りて突き当たりのドアを開けた直後、レティーシャは見たままの感想を零した。

「工房なんて基本的に外部の人間は入れねえんだから、俺がよければそれでいいんだよ」

ロイドの主張を聞いて、レティーシャはくすりと微笑む。

「別に不満なわけじゃないよ。逆に綺麗に整理されていたら違和感があって作業に集中できなかったかもしれない。ロイドはこれぐらいがちょうどいいよ、うん」

「なんだよそれ、褒めてねえだろ」

幼なじみの言葉にロイドは不満げにそう返す。

その態度に、レティーシャは思わず苦笑いを浮かべた。

「！　……この杖」

工房の中を歩いていたレティーシャが、近くの机に立てかけられた一本の杖を視界にとらえ、驚きの声を上げる。

そしてゆっくりと手に取り、ロイドに向き直った。

「まだちゃんと使っていたんだね」

「当たり前だろ？　なんだ、欲しいのか？」

「いや、いいよ。それはロイドが私たちの師匠から受け継いだものなんだからね」

懐かしむように暫く杖を見つめるレティーシャ。

二人の会話を聞いていたアイラは、一つのことを疑問に思い、声を上げる。

「あ、あの……っ、私たちの師匠って……」

「あれ、知らなかったの？　うん、私とロイドは同じ師匠の下で魔法を学んでいたんだよ。私がロイドの妹弟子」

衝撃の事実にアイラは驚きの声を漏らす。

「大賢者を二人生み出した師匠……すごい人ね。って、あれ？　その人の杖をロイドが持っているってことは……」

「そう、三年前に亡くなったよ。アイラちゃんも知っている人物だ。――当時、大賢者だけでディアクトロ大陸に乗り込み、魔王討伐を成した戦い。その時に亡くなった一人の大賢者。その人こそが、私たちの師匠だ」

今でこそ三人しかいない大賢者も、三年前までは四人存在した。

一人が言わずもがなロイド・テルフォード。

彼の妹弟子であるレティーシャ・メイシー。

二人と共に最後まで戦い抜いたセオフィラス・ホールズ。

そして――ロイドとレティーシャの師であり、魔王討伐の戦いで唯一命を落とした大賢者、メリンダ・キャロル。

「すみません、変なことを……」

「気にしないで、もう過ぎたことだから」

悪いことを聞いたとばつが悪そうにするアイラに、レティーシャは慌てて体の前で手を振る。

そしてすぐに話題を変えようと、視線を周囲にさまよわせる。

その最中、すぐ近くの机に積まれている紙の束に目が留まった。

「これって……」

手に取って、そこに書かれていることに目を通そうとした時、ロイドが突然レティーシャの手を掴んだ。

「勝手に触るな。たくっ、崩れるだろ？」

「ご、ごめん」

謝りながら、レティーシャはそっと紙を元の位置に戻す。

「ほら、さっさと魔力水を作ったらどうだ。夕食が遅くなっちまう」

「う、うん、そうだね。いい加減作業に取りかかろう」

頷きながら、レティーシャは懐をごそごそと探って一本の短い棒を取り出す。

それはただの棒ではなく、先端に小さな赤い鉱石が取り付けられていた。

ロイドのものとは違い、二本の指で持つことのできる小さな棒こそ、レティーシャ・メイシーの杖だ。

レティーシャは小瓶に水を入れると、それに杖を向けて魔力を流し込んだ。

◆　◆

「アイラちゃん、料理上手だね！」

レティーシャが魔力水を作り終え、三人は夕食をとっていた。

アイラの用意した料理に舌鼓を打ちながら、レティーシャはアイラに賞賛の声を贈る。

褒められたアイラは僅かに紅潮しながら、

「あ、ありがとうございます……」

と返した。

そしてアイラのその対応に、ロイドは不満の声を上げる。

「おい、アイラ」

「な、何よ」

「俺とは態度が違いすぎないか？　俺が料理を褒めてもそんな返し方しねえだろ」

「当たり前でしょ。だってレティーシャ様は大賢者の一人なのよ？」

「俺も大賢者なんだけど⁉」

思わず身を乗り出して突っ込む。

そんな二人の会話を聞いていたレティーシャはくすくすと笑う。

「仲がいいんだね、二人は」

「そんなことねえよ」「そんなことないですよ！」

同じことを同時に叫ぶ二人にレティーシャは更に笑みを深くする。

それから少し、悲しげに目を伏せた。

「いいなぁ、ロイドとアイラちゃんは。いい師弟関係が築けていて。私のところは全然だよ」

「なんだ、レティも弟子を取ってたのか」

「うん、二年ほど前にね。……というか、私も今日までロイドが弟子を取ってたなんて知らなかったんだけど」

「お前と連絡を取る手段がなかったんだから仕方ねえだろ」

「手段があったとしても教えてくれなかったでしょ」

「まあな」

飄々と肯定するロイドにレティーシャは膨れっ面になる。

拗ねる彼女を見て、ロイドは仕方なく会話に乗ることにした。

「で、レティのところはどんな感じなんだ？」

「私のところはここととは全く違うよ。そもそもロイドと違って私たちは世界中を回っているからね。私が戦う時に、弟子のフィルはいつも傍にいるから」

「へぇ、実戦経験が豊富ってわけだ」

「私としてはまだ早いと思うんだけどね。多分フィルはアイラちゃんと同じ年じゃないかな、十七歳なんだけど」

「わ、私も十七です」

アイラは頷き返す。

「その年だとやっぱりアイラちゃんみたいに料理とか、そういうことをするのも大切だよ。今の時代に魔王はいないんだから、急いで魔法を修めないといけないってわけじゃないんだから。……でも、フィルは違う。あの子は力を求めすぎている。強くなることにしか興味がないんだよ」

「……ま、お前の懸念はわからないでもねえな」

そう呟きながらロイドはアイラをちらりと見る。

その視線の意味がわからず、アイラは首を傾げた。

「今日だって、フィルを近くの町に置いてくるのは大変だったんだよ。私が行くなら自分も行くって。でもさすがに今回は連れてくるわけにはいかなかったからなんとか説得したんだけど」

「色々大変だな、お互いに」

「ちょっと、その言い方だとまるで私が手がかかっているみたいに聞こえるんだけど」

「いや、まるでじゃなくて事実だろ。この間の一件といい」

「……それは、そうだけど」

確かに先日の騒動ではロイドに相当世話になった。

それを自覚しているからこそ、アイラは否定の言葉を失う。

「まーなんだ、なんか困ったことがあったら相談に乗ってやるよ。と言っても俺なんかが力になれることなんてそうそうねえけどな」

「うん、ありがと」

ロイドが口にした言葉に、アイラは驚きを示した。

彼が進んで面倒事に首を突っ込むような発言をしたのが衝撃だった。

二人の間にある確かな信頼関係。

それを感じ、アイラは少しだけ羨ましく思った。

3

「…………」

夜。

ロイドは自室でベッドに腰掛け、壁に立てかけた杖をぼんやりと見つめていた。

自分の師から受け継いだ杖。

今日に限って、その杖の後ろに今は亡き師の影を見る。

「……ちっ、レティの奴が今更昔の話をしやがったせいだ」

ロイドの師、メリンダ・キャロルが命を落とすその瞬間に彼は立ち会っていた。

だからか、瞼を閉じるとその光景が鮮明に呼び起こされる。

かつての記憶、その悪夢にうなされてロイドは寝付けずにいた。

「くそ……っ」

戦いの中で命を落とすのは仕方のないことだと自分に言い聞かせ、メリンダの死を受け入れていたはずだった。

しかしその実、どうやら忘却の中に追いやっていただけらしい。

「はー、我ながらなんというか、情けねえな」

疲れたように息を吐き出し、そのままベッドに倒れ込む。

しかし意識は全く薄れることなく、それどころか時間を追うごとに冴えていく。

苛々しながら髪をかき乱していると、突然ドアが小さくコンコンと叩かれた。

「ロイド？　まだ起きてる？」

「ん、なんだレティか。まだ寝てなかったのか」

廊下にいるのがレティーシャであることを認識すると共に、ロイドは立ち上がり、ドアを開ける。

そこにはネグリジェを纏い、普段は後ろで纏めている亜麻色の髪を下ろした姿のレティーシャが立っていた。

「今日久しぶりに話をしたからかな、中々寝付けなくてね。その様子だとロイドも同じみたいだけど」

「……たまたまだ」

「もう、見栄を張らなくてもいいのに。ね、少しだけどうかな？」

言いながら、レティーシャは酒を呷る仕草をして見せる。

ロイドは一瞬アイラの部屋に視線を向けてから、小さく頷いた。

「アイラを起こさない程度ならな」

「大丈夫だよ、私だって明日は大切な仕事があるんだから。本当に少しだけ」

レティーシャの言葉に、ロイドは「それもそうだな」と苦笑しながら自室を出た。

◆　◆

「あんまりいい酒はないぞ」

「大丈夫、私お酒の味わかんないから」

リビングのソファに座るレティーシャにロイドはキッチンから声をかけた。

「なんだ、普段は飲まないのか？」

「言ったでしょ、世界中を旅してるって。当然魔人や魔獣と戦うこともあるんだから、好きに飲める日なんてそうそうないよ」

「いや、ご苦労様です」

レティーシャとは対照的に魔人を倒すことに積極的な行動を起こしていないロイドは、彼女を拝んだ。

その冗談めいた仕草にレティーシャは苦笑する。

「そういうロイドは？」

「ん？　俺も飲まねえな。アイラと二人暮らしだと飲む時間が取れねえからな。ま、飲むよりも寝ている方が性に合ってるってのもあるが」

言いながら右手に丸い氷が入ったグラスを二つ、左手に酒の入った瓶を持ちながらロイドはリビングに向かう。

そしてガラスのテーブルにそれぞれをそっと置くと、レティーシャの横に腰掛けた。

同じソファに二人で腰掛けたため距離は近いが、今更そのことに羞恥を覚える関係ではない。

ロイドは瓶の口をグラスに傾け、琥珀色の液体をグラスに注いでいく。

「ま、取りあえず久しぶりの再会に」

「ん、乾杯」

グラスを合わせてチンッと鳴らし、そのままグイッと飲む。

それから深く息を吐き、ロイドは天井から下げられた照明にグラスをかざしながら口を開いた。

「しっかし、俺だけじゃなくてお前まで弟子を取ってるとはな。……師匠が知ったらなんて言うか」

「未熟者の分際で図に乗りおって！ ……って、叱ってくるんじゃないかな」

「ははっ、だろうな。あの人はいつも俺たちを怒ってばかりだった」

「でも、時々褒めてくれたよね。それが嬉しくて私は修行を頑張ってたかな」

「ああ、そういえばそうだったな……」

二人は懐かしむように目を細める。

沈黙を紛らわすために、ロイドは再び酒を呷った。

「……なあ、レティはどうして今も戦っているんだ？」

「突然どうしたの？」

「いや、少し気になっただけだ。昼間言っただろ、大賢者の使命がどうのって。お前が本当にそんなもののために戦っているのか、戦えているのかって疑問に思ったんだよ」

「そんなものって、私は大切なことだと思うよ。この大賢者っていう称号は、私が賢者を目指した時に欲していたものだから」

レティーシャの言っていることを、理解できないわけではない。

事実、かつてロイドも大賢者という称号を得ることに憧れ、それを目指していた。

自分が憧れていた師、メリンダ・キャロルが大賢者であったから。

彼女に近付きたいと、そう思っていたから。

そうして大賢者という称号を得て、魔王討伐という偉業を成したのだ。

「でも、そうだね。その使命を果たすために戦っているってわけでもないかな。ただ私は、私が戦わなかったことで救えない命があることが耐えられないだけだよ」

「……そうか」

数百、数千、数万の命を救った人間ならばどうしても考えてしまうことだ。

なまじ命を救えるだけの力を持っているがために、救おうとしなかった時に失われた命を自分のせいだと思ってしまう。

本当は救えたはずだった。自分が見殺しにしたのだと。

これは一種の呪いだ。

ロイド自身、そんなことを頭のどこかで考えながら過ごしてきた。

しかし戦わないと、そう決めたのだ。

「私の知るロイドも、そうだったはずだよ？ ううん、むしろロイドの方がそういう正義感は強かった。だから魔王を討伐してすぐに、もう戦わないって言った時は驚いたんだよ」

「ならその認識はレティの勘違いだったってことじゃねえか。俺はそこまでできた人間じゃない。

それに、時々思うんだよ。魔獣や魔人がいてくれた方が、流れる血は少なくすむんじゃねえかって」

「…………」

「お前のところにも来るだろ？　利権争いに飢えた奴らの勧誘が。例えば魔族を殲滅したとして、次には人間同士の戦争が起きるに決まってる。そこで流れる血は、きっと今よりも多い。なら、魔人たちを倒すことに意味はあるのかって、ふと疑問に思ったんだよ」

ロイドの言葉にレティーシャは目を伏せ、グラスに注がれた琥珀色の液体を見つめる。

そして小さく呟く。

「それは、考えるだけ無駄じゃないかな。未来がどうなるかなんてわからない。なら、私たちは今を救うべきだよ」

「ああ、お前の言うことは正しいよ。だがどうあっても俺は戦わない。アイラもいるしな」

「そう。……そういえば、アイラちゃんって――」

思い出したように、レティーシャが口を開いた。

◆　◆

「……んっ」

眠っていたアイラの意識がゆっくりと覚醒する。

外はまだ暗い。

曖昧な意識のままアイラは上体を起こした。

「喉、渇いた……」

少しの間ボーッとしていると、喉の渇きを覚えてアイラはベッドを降りる。

そして廊下へ出て、階段を下りていく。

「？　リビングが明るい……」

こんな時間に何をしているのだろう。

疑問を抱きながらアイラは静かに近付いた。

そこにはソファに腰掛けたロイドとレティーシャの姿があった。

すぐに声をかけようとするが、何やら二人の間の空気が重たいのを感じ取り、アイラは息を潜める。

「そういえば、アイラちゃんってどこかで見たことがあると思ってたんだけど、確か三年ぐらい前にロイドが助けた子どもだよね」

「よく覚えてたな、そんな前のことを。……そうか、もう三年も前か」

二人の会話に、アイラは胸が痛くなるのを覚えた。

三年前。アイラの住んでいた村を魔人が襲撃し、家族も何もかもを失った。

村で生き残ったのはアイラただ一人だ。

もっとも、アイラ自身も魔人に殺されるところだったのだが、寸前でロイドに助けてもらったのだ。

「俺はアイラを孤児院に預けて魔王を討伐し、そしてこの家で引き籠もってた。それから少ししてだ、突然アイラが訪れてきたんだよ。弟子にしてくださいってな」

「それで断れなかったんだ」

「ああ。あいつの親父さんとも約束したからな。俺なんかと過ごすより、孤児院で同年代の同じ境遇の奴らと過ごした方が普通の幸せな生活を送れると思っていたんだが、アイラから俺のところに来たら断れるはずがないだろ？」

（約束……？）

ロイドの口にした言葉に、アイラは首を傾げた。

彼が今口にしていることは、これまで一度も聞いたことがない。

何より、ロイドが自分の父のことを知っていたことに驚いた。

「アイラちゃんのお父さん、か。……アイラちゃんはあのことを知っているの？」

「……いや、まだだ。もう少し大人になってから話そうと思い続けてたらいつの間にか一緒に暮らすようになって二年が経ってたよ。正直、どう切り出していいかもわからねえ。最近はこのまま伝えないでいた方がいいんじゃないかとさえ思ってるよ」

「…………」

ロイドの自嘲（じちょう）交じりの呟きを、レティーシャは真剣に受け止める。

そんな彼女に縋るように、ロイドは弱々しく呟いた。

「だって言えるか？　弟子に向かって、お前の父親を殺したのは俺だ――なんて」
（……!?）
思わず、アイラは口元を両手で覆った。
危うく声が漏れるところだったが、すんでのところで堪える。
今、ロイドはなんと言ったのか。
『父親を殺したのは俺だ』
言葉は理解できる。だが内容が頭に入ってこない。
聞き間違いではないか。
そんな現実逃避じみた思考まで浮かび上がってくる。
だが、確かにロイドは口にした。
自分の父親を殺したと。
「――――」
気付いた時には自分の部屋へと逃げ込んでいた。
アイラは、いつの間にか喉の渇きを忘れていた。

4

いつの時代も、いかなるものの上に立つ存在であっても、権威ある者は大きなものを建てるのが好きなのだろう。

あるいはそうすることで己の権力が確かなものであると再認識しているのだろう。

テルミヌス海峡の東側に位置する、魔界樹(ディアボロス)に呪われ魔族に支配されし忌まわしき地――ディアクトロ大陸。

空に迫るほどに巨大な黒い一本の大樹――魔界樹。

その近くに、大樹と並ぶほどの大きさの城があった。

ロイドは共にこの地に来た仲間たちにその城までの道を切り開いてもらい、単身城に乗り込んだ。

辺りの大気に舞う瘴素のせいか、周囲は暗く、重たい。

立ちはだかる魔獣や魔人を排除して、城の最上階、玉座のある広間へと辿り着いた。

そこでロイドは、玉座に不敵な笑みを浮かべて座す一人の男と対峙する。

苛烈を極めた戦いの最後。魔王に終焉の一手を放った時、男は嗤(わら)った。

そして魔王は死の間際――。

◆　◆

「――ッ」

かつての記憶から目を覚ましたロイドを襲ったのは、全身に圧し掛かる妙な気だるさと、意識が鮮明になるにつれて増していく頭痛だった。

レティーシャと酒を酌み交わした後、ロイドはなんとか意識のあるうちに自室まで足を運び、そのままベッドに倒れ込んだ。

外からは鳥のさえずりが聞こえる。

珍しく朝に目を覚ましたらしい。

「…………」

普段はこのまま二度寝をするところだが、今日はすぐには寝付けそうにはない。

ひとまず水を求めて、ロイドは一階へ下りることにした。

「なんだ、起きてたのか」

「うん、お風呂借りたよ」

一階に下りると、既にそこにはレティーシャがいた。

彼女の言う通り僅かに頬が紅潮している。

「それはかまわねえが、場所はわかったのか？」

「アイラちゃんに案内してもらったからね」

なるほどとロイドは頷く。

アイラはいつも、この時間には目を覚ましている。

「それで、そのアイラの姿が見えないが何か知ってるか？」

「彼女もお風呂だよ。なんだかすごく眠たそうにしたからね、眠気覚ましも兼ねているんじゃないかな」

「ほーん」

適当に相槌を打ちながらロイドはキッチンに歩み寄り、コップに水を注ぐ。

そしてレティーシャがいるリビングへと移動した。

「二日酔い？」

「かもな。まあ気分が悪いのは多分酒のせいだけじゃないだろうが……」

そう言いながら、ロイドは顔を顰める。

あまり思い出したくない夢だ。

「もう行くんだよな？」

「そうだね。本当はもっと早く出発する予定だったんだけど、アイラちゃんに折角なら朝ごはんをって言われたからね。お言葉に甘えることにしたよ」

「なんだ、俺に黙っていくつもりだったのか？」

「何、拗ねてる？」

おどけて言うレティーシャにロイドは「そんなわけねえだろ」と返しながらコップの水を一気に飲む。

「あ、おかえりアイラちゃん」

「は、はい……」

物音に気付き、レティーシャが後ろを振り返るとそこには風呂から上がったアイラの姿があった。

「よ、アイラ。……？　どうかしたか」

「な、なんでもないわよ。すぐに朝食の準備をするわ」

「？　ああ……」

確かにレティーシャが言った通り、ロイドの目から見てもアイラが寝不足に見える。

だが特には気にも留めず、ロイドたちはアイラの用意した朝食をとった。

◆　◆

朝食を終えたレティーシャは当初の予定からの遅れを取り戻すためか、早々に身支度を整え始めた。

それをロイドは一階に留まりながら見つめる。

彼女はこれから、仕事をしに世界樹（オルビス）まで行く。

大賢者にとっての仕事とは、この時代においては魔族の残党の討伐やそれに関わることだ。

一体世界樹に行くことがどう関係するのかはわからないが、それでも彼女は自分が逃げた大賢者としての使命を果たし続けている。

「――――」

その事実は、ロイドを締め付ける。

あるいはこれがロイドの知らない全くの他人だったならば、こんなことを思うことはなかっただろう。

だがレティーシャはロイドと共に同じ師の下で学んだ既知の友だ。

自責の念に駆られても仕方がない。

「じゃあ、行ってくるね」

荷物を纏め終えたレティーシャは、ロイドとアイラに手を振りながら微笑みかけてくる。

「村の外まで送ってやるよ。アイラ、後は任せたぞ」

「う、うん」

突然のロイドの提案が意外だったのだろう。アイラとレティーシャは驚きの表情を浮かべた。

「なーに？　別れるのが急に寂しくなったの？」

グランデ村の南門に向かう道すがら、レティーシャが亜麻色の髪を揺らし、意地悪な笑みを浮かべながらロイドを茶化す。

それをロイドは肩を竦めることで誤魔化し、そして不意に立ち止まった。

彼の予期せぬ行動にレティーシャもまた振り返りながら立ち止まり、「ロイド？」と首を傾げた。

「……なあ、レティ」

「ん？」

視線を下に向けながら、ロイドが呟く。

「その、悪いな。お前にばっかり押し付けて」

「……気にしてたんだ」

「まあ、それなりにな」

ロイドの言葉に、レティーシャは「そっか」と微笑む。

それからおどけた調子で彼女は言葉を続けた。

「懐かしいねー、ロイドと師匠の三人で旅をしていた頃が」

「そうだな、あの頃は二人してよく師匠に怒られたもんだ。……あの人は最期の最期まで俺を怒ってたかな」

「私はその最期に立ち会うことができなかったけどね。でも多分、私がその場にいたとしても師匠は杖をロイドに渡したと思うな」

「どうした、急に」

眉を寄せ、ロイドは戸惑いを見せる。

それにレティーシャは笑いかけた。

「ううん、なんでもないよ。ただね、ロイド。あなたが戦うのをやめる道を選んだように、私は私の意思で戦うことを選んだんだよ。それは師匠だって同じ。誰に強制されるでもなく、皆自分の居場所を自分で選んだ」

「……ああ」

「だからロイドが気にすることじゃないよ。それに、間違ってもロイドが私のことを気にして自分の意思にそぐわない選択をしたら、それこそ私はロイドに顔向けできない」

レティーシャの言葉を、ロイドは黙って聞く。

その場に流れる沈黙に溶け込むぐらいに小さい声で、レティーシャは言葉を紡ぐ。

「ね、昨日ロイドはさ、私にどうして戦うのかって聞いたでしょ？　それに私は大賢者としての使命を果たすため、そして救えない命があることが耐えられないからだって答えた」

「そうだな」

「でも実は、一番の理由が別にあるんだ。——私は、ロイドのために戦っているんだよ。それが私の夢だったんだから」

「——っ、それはどういう意味だ？」

「ふふっ、内緒だよ。——っと、ここまででいいよ。見送りありがとうね」

ロイドの追及を躱すように、レティーシャは笑う。

その態度からどれだけ聞いても教えてくれないだろうと悟ったロイドは、湧き出た疑問を胸の奥にしまい込んだ。

「また来いよ、アイラもお前なら歓迎するさ」

「うん！」

その言葉を最後に、レティーシャはロイドに背を向けて南門へと向かう。

遠ざかっていくその背中をボーッと見つめてから、ロイドは今来た道を引き返した。

「今戻ったぞ、アイラ。近いうちにレティがまた来るかもしれねえから、その時は歓迎してやってくれ」

家に帰ると、リビングに立つアイラにロイドは声をかけた。

「……？　おい、アイラ？」

だが、彼女から返事はない。

不思議に思い、ロイドは彼女に近寄った。

するとアイラが小さく声を発する。

「……ねえ、ロイド。私に何か隠してることってない？」

「おいおい、どうした急に。……まさか、アイラに黙っていいベッドに買い替えたの、気付いていたのか⁉」

怯えるような表情でロイドがそう返すと、アイラは「ううん、やっぱりなんでもないわ」と首を横に振る。

「少し庭の掃除をしてくるわ」

「あ、ああ……」

てっきり「何勝手にそんなもの買ってるのよー！」と叫びながら拳が飛んでくると思っていたロイドは、予想と反した態度に虚を衝かれた態度で立ち尽くす。

それから玄関へと向かう彼女の背中を見て、拳を強く握りながら俯いた。

5

レティーシャが世界樹へ旅立ってから一週間が経った。

その間ロイドたちはいつも通りの日常を過ごしていた。

——表面上は。

「………」

グランデ大森林の、いつもの修行場所。

そこで魔法の鍛錬に励むアイラに、ロイドはいつも以上に厳しい眼差しを送っていた。

それは弟子がミスをして危ない目に遭うのを心配して、ということだけではない。

アイラのここ数日の様子の変化、それを訝しんでのことだ。

(やっぱり様子がおかしい……)

今日の鍛錬だってそうだ。

見かけ上はきちんと魔力を放出し、魔法を発現させてはいるものの、心ここにあらずといった様子だ。

平素のアイラであれば考えられない。

彼女の魔法に対する執念は相当なもので、特にロイドの目の前での修行とあらば時々油断することはあれど、手を抜くようなことはない。

何かあったのか。

このところそればかりを考えていた。

アイラの様子が変わったのはレティーシャが世界樹へ向かった日からだ。

彼女と別れるのが寂しかったからか。

(……いや、それはまずないな)

その程度のことで魔法の鍛錬が疎かになるはずがない。

とするならば――

（――もしかして、レティとの会話を聞かれていたか？　いや、あの時アイラは寝ていたはずだ。何より聞いていたならそれこそ激昂してくるはずだ）

ロイドに掴みかかり、洗いざらい吐かせる。

仮に自分が逆の立場だったならそうしていたはずだ。

ロイドは小さくため息を吐き、髪をガシガシと掻き乱す。

（参ったな、思春期の子どもを持つ親ってのはこんな気持ちなのか……）

恐らくアイラが聞けば怒るであろうことをロイドは心の中で呟く。

ひとまずこのまま見守るしかないだろう。

そして、それだけでもいけない。

近いうちに、彼女にすべてを話す必要がある。

その上で彼女がどのような選択に出ようとも、ロイドはそれを受け入れる必要があると思っている。

それがどのようなものであっても。

そっとロイドは自分の胸に手を当てた。

「《其は世界の理を示すもの、摂理を司り、万物を支配するもの。我は請う、理の内にあるものに、流動の理を》」

アイラが朗々と《迅雷(パラサン)》の詠唱を紡ぎあげている。

標的は目の前の崖だ。

ロイドはその詠唱中の魔力の動きに、「ん?」と眉を寄せた。

心なしか、魔法の発動に使用する魔力が多過ぎるような。

だが今更魔力制御に失敗するとは考え難い。

事の成り行きを見守る。

「──《迅雷》!」

アイラの手の先に魔法陣が現れ、そこから紫電が放たれる。

それは高速で宙を駆け──莫大な威力を伴って目の前の崖にぶつかった。

辺りに響き渡る轟音。その音に重なるように、崖が崩れる音が二人の鼓膜を激しく揺らす。

そして、明らかに加減を失敗した強力な威力の紫電によって崩れた岩の山が、真下にいるアイラに降り注ぐ。

「きゃぁっ!」

「──んのっ、バカ!」

反射的に悲鳴を上げながらその場にうずくまるアイラを見て、ロイドはすぐさま杖を握り、彼女の元へと疾駆(しっく)する。

そして、ロイドがアイラの元に辿り着いた直後、岩石の雨が降り注いだ。

ガラガラガラと削り取られた岩石があらかた降り注いだ後、しばしの静寂が訪れる。

その静寂を切り裂いたのはロイドの焦燥(しょうそう)に満ちた声だった。

「おい、大丈夫か！」

「ロ、ロイド……」

ロイドは杖を宙に掲げ、アイラを抱き寄せていた。

彼が握る杖の先からは白く光る魔法陣が展開されている。

それは魔竜との戦いと同じく、盾となってロイドたちを岩石から守った。

「――っ、あ、ありがと……」

アイラはロイドに抱き寄せられていることを認識すると、肩を震わせながらすぐさま彼から離れる。

そんなアイラに、ロイドは珍しく心配そうに声をかけた。

「アイラ、どうしたんだ。最近のお前はなんだかおかしいぞ。こんな初歩的なミス、少なくともいつものお前なら絶対にしないはずだ」

「…………」

ロイドの言葉にアイラは俯き、口を閉ざす。

そんなアイラに、ロイドは小さくため息を吐く。

「とにかく、今日の修行はこれで終わりだ。《迅雷》程度の魔力制御もミスる状態のお前に、このまま魔法を使わせるわけにはいかない。……お前がそんなだと、俺まで調子が狂っちまうんだよ。何があったのか話せとは言わねえが、どうしても俺の力が必要な時は遠慮なく言え。言っただろ？

弟子は師匠に助けられるもんだって」

　優しげなロイドの声に、アイラは顔を上げる。

　彼女の瞳は不安で揺れていて、いつもはうっとうしいぐらいに快活な少女が、今はとても儚げな雰囲気を持っていた。

　それは——かつて自分の元を訪ねてきた時のような。

　ただ単に今起きたことを認識して怯えているだけだろうと、ロイドは自分のバカな考えを一蹴する。

　そうしているロイドに、アイラは口を開いた。

「……ねえ、ロイドって私の味方よね？」

「何当たり前のこと聞いてんだよ。俺がお前の味方じゃなかったらなんなんだ。……ま、確かにお前は師匠である俺に対して敬語も使わない生意気な弟子だが、それでも弟子であることには変わりねえよ」

「そう、よね」

　ロイドの言葉にアイラはどこか安堵したような表情を浮かべながら立ち上がる。

「ごめん、ロイド。もう大丈夫だから」

「あ、ああ……」

　アイラの言葉に頷きながら、ロイドはどうしても違和感を覚えずにはいられなかった。

　どうして急にこんなことを聞いてきたのか。

その問いをするに至るような出来事など、ロイドの中には一つしか心当たりがない。

「なあ、アイラ。お前もしかして――」

「ん？」

「……いや、なんでもねえよ。それより帰るぞ。今の騒ぎで魔獣が出てくるかもしれないからな」

ロイドの言葉に素直に従い、アイラは帰路につく。

その彼女の背中を見ながら、ロイドは奥歯をかみしめた。

レティーシャとの話を聞かれていた可能性は高い。

だがどうしてもそれを切り出す勇気を持てない自分に、この上ない失望を抱いていた。

◆　◆

「はぁ……」

その日の夜、アイラは一通りの家事を終えてベッドにうつぶせの状態で倒れこんでいた。

思い出すのは昼間の失態。

ロイドの指摘通り、使い慣れた《迅雷》の威力調整を間違えるという初歩的なミスをしてしまった。

ロイドの近くにいると、どうしてもあの夜に聞いてしまった会話が脳裏を過ってしまう。

あの話の真意を直接聞けたなら楽だろうが、どうしても聞く勇気が持てない。

ロイドが自分の父を殺すわけがないという確信と、殺しているかもしれないという不安。

それがせめぎ合い、アイラの中に迷いを生み出す。

結果としてロイドと中途半端な距離で接することになっていた。

どうやらそれは彼にも伝わっていたらしい。

「しっかりしないとっ」

寝返りを打ち、仰向けになりながら天井を見る。

そうしてアイラは自分の両頬をパンッと叩いた。

よくよく考えなくとも、彼が自分の父親を殺す理由などないのだ。

大賢者として魔人と戦っていた彼が、人を殺す意味などないのだ。

そうだ、多分あの時の会話には前述があったに違いない。

自分が立ち聞きする前の会話を聞いていなかったために、勘違いが生まれてしまったに違いない。

「もう、今日のような失敗はしてられないわ。明日から、切り替えていかないと」

ひとまずこの疑問は勘違いとして片付ける。

あるいは勘違いでなかったとしても、いつの日かロイドの口から語られる日が来るだろう。

アイラは一週間悩み続けたことに対する一応の答えを抱いて眠りについた。

第四章

1

「……っ」

目覚めてすぐ、ロイドは顔を顰めた。

全身が鉛のように重く、気分が滅入る。

アイラのことで悩み続けていたせいで精神的に追い詰められてしまったのかと思ったが、それでは説明しきれないほどに体の違和感は大きい。

この違和感は日を追うごとに増していっていたが、今日は段違いだ。

「何か嫌な予感がするな……」

それは大賢者としての直感。

自分の体にいつもとは違う決定的なずれが生じた時、それは大抵何か良くないことが起きる前兆だ。

……三年前、魔王を倒すまで魔人を討伐する生活を送っていたロイドがその戦いの中でよく感じていたものだ。

昔のことを思い出したせいか、その生活の中で出会ったアイラの父とのことをつい思い出してしまい、ロイドは一層渋面(じゅうめん)を作る。

アイラが《迅雷(パラサン)》の魔法でミスをしてから一か月近くが経過した。

それだけの時間が過ぎながら、彼女の問題に関して何一つ進展していない原因はきっとロイドの優柔不断なところだけが原因なわけではない。

一番の要因は――。

「――ロイドぉ、起きろ～！」

突然ドアを勢いよく開け放ち、アイラが部屋に入ってくる。

いつも通りに元気いっぱいの彼女を見て、ロイドはバレないように薄く笑った。

「よお、アイラ。寝起きに聞くのもあれだがどこか調子が悪いなんてことはないか？」

「な、何よ、急に。……あっ、適当に話題をそらしながら二度寝する算段でしょ！」

「違う違う、真剣に聞いてるんだよ」

アイラの発想に、ロイドは強い語気で言い返すことができなかった。

いつもであればもしかしたら彼女の言ったような手を使っている可能性があったからだ。

だがそれは別として、今は違う。

ロイドの返答に、アイラは訝しみながら「んーっ」と考える。

「別に悪いなんてことはないわよ？　強いて言うなら、今日はすぐに起きられなかったことぐらいかなぁ」

「起きられなかった？　体がだるいとか、そういう感じでか？」

「うーん、感覚的にはそんなだったわね」

ロイドは顎に手を当てて考える。

自分のみならずアイラまでもが体調が悪いのなら、これはもう気のせいでも勘違いでもないはずだ。

(後で軽く調べてみるか……)

できれば勘違いで終わって欲しいが、恐らくそれは無理な話なのだろう。

今までこれと似たような状況になって、杞憂だったためしがない。

であるなら、この後もしかしたら大きな問題に遭遇するやもしれない。

その時のために万全の状態でいる必要がある。

「アイラ、起こしてくれてありがとうな」

「う、うん……？」

「じゃ、おやすみ」

「……え？」

爽やかな笑みと共に再びベッドに横になるロイドに、アイラは愕然とする。

「いやほら、なんか俺も体調が悪いからよ。これはもう横になっていた方がいいと思うんだよ、うん」

「やっぱり二度寝する算段だったんじゃない！」

「おい、アイラ、その右拳はなんだ！　待てよく考えろ、俺はお前の師匠だぞ！　師匠を殴る弟子がいていいものか、いや、ない！」

「それなら昼過ぎまで寝ている癖にそこから更にまた寝ようとする師匠がいていいと思っているの！」

アイラの作った右拳を見てロイドが止めに入るが、その言動は更に彼女の怒りを引き出してしまったらしい。

全身をワナワナと震わせている。

だが、その拳はやがて彼女のため息と共に消失する。

アイラは疲れたように大きく息を吐いた。

「……とにかく、ちゃんと下りてきなさいよ」

呆れたようにそう言い残してアイラは部屋を後にする。

彼女のその背中を見ながら、ロイドは今度は隠すことなくハッキリと自嘲の笑みを浮かべた。

一番の要因は——アイラだ。

もし彼女が数週間前までと同じように自分のことを避けるような態度を続けてくれていたのなら、あるいはロイドの中ですべてを打ち明ける決心がついたかもしれない。

だがアイラの態度は今のように、以前までとなんら変わりがない。

まるで自分の中での結論を出し、吹っ切れたかのように今までと変わらない態度で接してくる。

責められるべきは彼女ではなく、自分自身だ。

それを理解していても、ロイドはアイラを恨んでしまう。

せめてあと数日だけでも態度を改めずにいてくれていたのなら、すべてを打ち明ける覚悟はできていただろうにと。

しかしそれはアイラにとってはあまりにも理不尽な話だ。

それがわかっているからこそ、ロイドはそう思ってしまう自分に呆れるしかない。

「……ホント、どうしたもんかね」

熱でうなされている時のように重たい体が、気分が沈むのを更に助長する。

ベッドから起き上がる気力すら湧かない。

天井を見上げて大きく息を吐き出す。

――ちょうど、その時だった。

ドゴオオオンという爆音がロイドの鼓膜を激しく揺らす。

衝撃で窓がガタガタと音を立て、階下からアイラの「きゃぁっ！」という悲鳴が聞こえてくる。

それを認識した時には、ロイドはすでに上体を起き上がらせて窓の外を見ていた。

「ッ、なんだってあんなもんがこんなところに……！」

ロイドの視線の先、窓の外――近くの家屋から煙が出ている。

きっと先ほどの爆音もあそこからだろう。

だが――そんなことは最早どうでもよかった。

その家屋からは煙とは別に黒い粒子が立ち上っている。

それは、魔獣が纏うものであり、魔界樹（ディアボロス）が存在するディアクトロ大陸の大気をほぼ満たしている忌避すべき力――瘴素だ。

ハッキリと可視化されるほどの瘴素が、まるで竜巻のように渦を巻いて家屋から立ち上っている。

そんなことは、あり得ないはずだ。

何せここは世界樹(オルビス)にほど近い場所。あれほどの瘴素が一か所に集うことなどあってはならない。

しかし現実としてあの場には瘴素が満ちている。

嫌な予感は的中してしまった。

次の瞬間にはロイドはローブと杖を手に取り、自室を飛び出していた。

2

「無事か、アイラ!」

階段を駆け下り、キッチン近くにアイラの姿を認めてロイドは安否を確認する。

爆音に驚いたのか、アイラは床にぺたりと座り込んでいた。

ロイドの声にアイラは小さく頷き、不安げに瞳を揺らす。

「ロイド、今のは……?」

「詳しくは何もわからん。だが、良くないことが起きているのは間違いない。少し様子を見に行くが――」

そこまで口にして、ロイドはアイラを家に残していくべきかどうか逡巡する。

普通なら、危険な場所にわざわざ連れていくよりも家に残した方がいい。

だがもし自分の目の届かないところでアイラに危険が迫っていたら、そちらに対処できる自信がない。

結局のところ自分のすぐ傍が一番守りやすい。

「よし、ついてこいアイラ。俺の傍から離れるなよ」

「わ、わかったわ」

ロイドの指示に、アイラは表情を強張らせる。

彼女も理解しているのだ。

ロイドが自分の傍から離れないように指示したことの意味を。

爆音が続く中二人は家を飛び出し、先ほど家屋から煙が出ていた方向へと向かう。

そして、愕然とした。

たった数分前、窓の外から見た村はたった一軒の家屋からしか煙が出ていなかった。

だが今はどうだ。

周囲の家屋の殆どが全壊し、瓦礫ばかりが周囲に転がっている。

「――――ッ！」

崩れ落ちる瓦礫の下敷きになりかけていた村人の姿を視界にとらえて、ロイドはすぐさまそちらへ杖を突き出す。

地面に蹲(うずくま)っていた村人の頭上に白く光る魔法陣が浮かび上がり、それが瓦礫を弾く。

死を覚悟して目を瞑っていた村人は、いつまで経っても訪れない痛みを疑問に思い顔を上げた。

「怪我はないな?」

「ロ、ロイド様!」

地獄の中に救いを見つけたかのような表情で村人はロイドの名を呼ぶ。

ロイドは周囲に今のように瓦礫などによって死の危機に瀕(ひん)している者がいないか確認しながら村人に問いかける。

「一体何が起こっている」

「そ、それが私にも何がなんだか……、突然自警団の連中が暴れ始めて」

「自警団の連中?」

反芻したロイドに、村人は前方を指さした。

そこには――――魔人がいた。

正確には、魔人となってしまった村人の姿だ。

確認できる魔人の数は五体。その誰もが今村人が言ったように自警団に所属している。

ロイドもよく知る顔だ。

魔法を半人前ながら扱える彼らは、時々ロイドの元を訪れ魔法に関することを聞いていた。

一体何故、と思うよりも先に今どうするべきかが思考を巡る。

どうやらこの事態を引き起こしたのはあの五人の元村人、現魔人だ。

なら――。

「アイラ、自警団の連中は俺がなんとかする。その間にお前は皆を安全なところに避難させろ。あと瓦礫の下敷きになっている者がいないかも確認しろ。……できるな？」

「――」

ロイドの指示に、アイラはすぐに頷けなかった。

アイラにも、自警団の面々が魔人と化していることは理解できる。

魔人といえばかつて自分の生まれ育った村を単騎で壊滅させたような存在だ。

それが五体も。いくらロイドといえどただではすまされないのではないか。

そしてその疑念以上に、アイラの胸中には以前の出来事が蘇る。

すなわち子どもたちを助けに森に入った時。

あの時、アイラは自分の無力さを改めて痛感した。

そんな自分にたった一人でこの村に住む人たちを助ける自信がない。

「――ッ」

言葉を詰まらせるアイラの両肩をロイドは力強く掴んだ。

「お前はなんのために賢者を目指してるんだ！　こういう時のためだろ。大丈夫だ、お前ならやれる！」

「……わかった、ロイドも気を付けてね」

「ばーか、俺を誰だと思ってる。俺を気遣うのはまだ百年はえーよ」

アイラの額を小突きながらロイドは冗談めいた調子で言ってのける。

その自信に満ちた言動にアイラは思わず笑みを浮かべた。

彼女のその顔を見て、ロイドは視線を五体の魔人が現れた方へと向ける。

ただ破壊だけを目的として、周囲を無差別に蹂躙（じゅうりん）している。

魔人に堕（お）ち、理性を破壊された存在特有の行動だ。

だが正確には、彼らは魔人ではない。

今の彼らは、まだ魔獣だ。

魔人とは、正確には理知を有した魔獣。

瘴素によって破壊されながらも、それでも自我を取り戻し、得た力を最大限に活用する存在。

例えば、魔王はその最たるものだった。

だから、たとえ五体いるとしてもロイドなら問題なく対処できる。

五体の魔人へ近付いたロイドは周りを確認する。

万が一にもこれから起こる戦闘で負傷者を出すわけにはいかない。

魔人はロイドの姿をとらえて唐突に破壊行動をやめた。

獣のようなうめき声を上げながらロイドを睨みつける。

その全身からは瘴素が放たれている。

「いいぞ、俺を見ろ。間違っても浮気なんかするんじゃねえぞ」

煽るように言いながら、ロイドは杖の先端で地面をコンッとつく。

瞬間、ロイドを中心に白い光の粒子が球状に広がり、五人の魔人との闘技場が完成する。

突然自分たちを閉じ込めるように展開された光の粒子を突破しようと一人の魔人が突っ込んでいく。

だが、バチィッと何かと反発しあうように魔人は弾かれた。

文字通り、魔人はこの空間に閉じ込められたのだ。

「安心しろ、俺を倒したらこの結界は解かれる。……俺を倒せたら、な」

「グォァアアッ！」

ロイドの挑発は恐らく理解できてなどいないだろう。

だがどうあれ、破壊という衝動が己の大半を占める魔人にとっては関係ない。

立ちはだかる敵がいるのなら、いや、立ちはだからなくても認識できる範囲に存在するのならば破壊する。

破壊という衝動が高まるのに比例して、魔人が纏う瘴素が膨れ上がり、大気を蹂躙していく。

それに負けじと、ロイドも魔力を放出した。

この場で魔人五体を殲滅することなど容易だ。

だが、いくら魔人になってしまったとはいえ、元はこの村の自警団の人間たちだ。

そんな彼らを殺(あや)めることなど、ロイドはしたくない。

——もう二度とそんなことはしないと、心に誓ったのだ。

そうするための策はある。

だてにこの三年間引き籠もっていたわけではない。

要するにこの場でロイドが取るべき行動は魔人の殲滅ではなく拘束だ。

だがそれはただ単純に力押しで押し通すよりも難しいことだ。

殺さない程度に手加減しなければならないのだから。


「――――!」


五体の魔人が地を蹴り、一気に距離を詰めてくる。

ロイドは自身の前面に《防護（サンク）》を展開し、直線での特攻を防ぐ。

即座に側面に回り込もうとする魔人たち。

だが、ロイドの魔法の展開速度はそれに勝る。

地面に手をつき、魔力を通す。

すると地面から土の縄が幾本も現れ、拘束せんと魔人たちの体を締め上げる。

しかし、その程度では瘴素によって強化された魔人を捕まえることなどできない。


「グァアアッ」


瘴素の入り混じった黒い息を吐きながら、魔人は全身の筋肉に力を籠める。

直後、土の縄は破裂するように弾け飛び、ただの土となって地面へと還った。


（さすがに無理か……）


魔力を籠めたことでイメージ通りに変質した土の縄。

だがその魔力は、魔人の放つ瘴素によって破壊され、土の縄はただの土と化した。

この程度は予想の範疇（はんちゅう）だ。むしろ、この程度で捕まえられるなら今頃魔族など殲滅されているだろう。

「ッ！」

ただの特攻では倒せないと悟ったのか、魔人は突然魔法を放ってきた。

黒炎が数十個、ロイドに迫る。

「――消え去れ」

ロイドがそう呟いた瞬間、黒炎は一つ残らず弾け飛んだ。

「ウガァアアアアアッ！」

どのようにして自分たちの魔法を消し去ったのか。

それを理解できなかったのか、あるいは目の前の敵を中々破壊できないことへの苛立ちか。

魔人たちは憎しみに満ちた咆哮を上げる。

「お前たちが何故魔人になってしまったのか、それは後で調べることにするよ。……取りあえず、眠ってもらおうか」

いつの間にかフワリと空に浮かび、黒いローブを風に靡かせながらロイドは呟く。

そして、杖の先を地面へと向けた。

「――《重力(グラビタス)》」

光の粒子によって隔てられた空間。

その内側の地面いっぱいに一つの巨大な魔法陣が浮かび上がる。

「グァゴァアアアアア――ッ！」

「グォオオオッ!!」

「ァァアアアア……ッ」

魔法陣が強く光ると同時に魔人たちは地面に押しつぶされた。

口々に咆哮を上げる。

魔法陣の光は更に増していき、それに比例して魔人たちは更に地面にめり込んでいく。

そしてその衝撃で地面が割れる。

とうとう魔人の体がその力に耐えられず、崩壊を始める。

いくら瘴素を纏っているとはいえ内側から攻撃されてはひとたまりもない。

——やがて、魔人は一人残らず意識を失った。

「ふぅ……、こんなもんか」

それを確認して、ロイドはふわりと地面に降り立つ。

巨大なクレーターができていた。

そしてそのクレーターに魔人たちは倒れている。

ロイドはすぐさま地面に魔力を通し、土の縄を生成、気休めでしかないが魔人たちの体を何重にも縛り上げる。

「これで、終わりか……」

魔人五体を拘束という偉業を成したにもかかわらず、ロイドはそのことを特別視する様子はない。

それよりも問題は、何故世界樹(オルビス)にほど近いこの場所で、彼らが魔人化したのかということだ。

そしてそれ以上に、彼らを魔人から普通の人間へ戻す必要がある。

ロイドにとっては魔人の相手をすることよりもこちらの方が重要であり、不安でもある。

もし治療が上手くいかなければ、この五人を殺すしかなくなる。

「頼むから、上手くいってくれ……」

そう願いながら、ロイドは魔人たちを風の魔法で運び始めた。

3

「どうなった」

「ロイド！　指示通り、皆をここまで案内したわ。今確認しているところだけど、多分みんな無事よ」

「そうか、よくやった」

「それよりもロイド、それ……」

ロイドの家の周囲には所狭しとグランデ村の村民たちが集っていた。

そこに現れたロイドにアイラはホッと胸を撫で下ろす。

同時に、彼の背後から風の魔法によって移送されている五人の魔人を指さした。

「今は気を失っている。まだ魔人化して間もない。瘴素に完全に取り込まれたというわけではない。この状況なら助かるかもしれない」

「……！　本当に⁉」

「ああ、取りあえず工房まで運んで治療を始める。アイラも来てくれ」

「わかったわ」

ロイドの指示に従い、アイラは動き始める。

そんな二人を見て村人たちが声を上げた。

「ロ、ロイド様……！　どうか……ッ」

魔人化した自警団の面々の知り合いなのか。

救いを求める視線を向けてくる。

あれだけの破壊を生み出したというのに、それでも彼らの救いを求める村人の想い。

ロイドはその姿を美しいと思うと同時に、アイラを見て胸を痛めた。

「大丈夫だ、何も心配する必要はない。それよりも、周りに怪我人がいないか確認しておいてくれ。後で治療する」

「は、はい……！」

大丈夫ではない。

一度魔人と化した者を再び人に戻すなど、前例がない。

ロイドだって一度も試したことがないのだ。

少なくとも三年前の戦いの中では思いつきもなかった。

あの時代は、生きる誰もが敵を倒すことに必死だったのだから。

しかしロイドは確信を持って言葉を返した。

やれるかどうかではない。

（——絶対に助けてやる）

運んできた五人に視線を注ぎながらロイドは決意した。

◆　◆

「それでロイド、私は何をしたらいいの……？」

工房へ場所を移し、石造りの床に五人を並べて寝かせる。

そして木製の古びた机に積まれた紙の束を手に取り、その中の何枚かを見つめるロイドにアイラは問いを投げた。

「……そうだな、入り口から誰も入ってこないか見張っておいてくれ。それだけでいい」

「？　わかったわ」

ロイドの返答に、アイラは首を傾げながら頷く。

誰も入ってこないようにしたいのならわざわざ自分を工房にまで連れてこずとも、家の入り口で待機させておけばいいのではないか。

そんな疑問を抱いたのだ。

その疑問は正しい。

ロイドは別に、見張りをさせるためにアイラを工房に呼んだのではない。

ただなんとなく、彼女にはこれからすることを見て欲しいと思ったのだ。

「さて、やるか」

三年間の研究の成果。

魔人を人に戻す方法をロイドなりに調べ、それを記した紙をそっと机の上に戻してロイドは呟いた。

床に並べられた魔人のうちの一人の傍に片膝をつく。

そしてロイドは魔人に向けて手をかざした。

「――――」

目を瞑り、精神を集中させる。

するとそれに呼応するように、床に白い魔法陣が浮かび上がる。

それは天井から吊るされたランプのみが灯りとなるこの地下室で、妖しい光を放つ。

魔法陣から溢れ出た光は魔人の全身に纏わりつく。

一層その光は明るさを増す。

ロイドが治療にあたる光景を見つめているアイラは、彼が何をしているのか理解できず眉を寄せた。

今、目を瞑るロイドの視界には魔人の体内が視えている。

――正確には体内を巡る魔力と瘴素を、だが。

今ロイドが発動しているのは索敵のために使用する魔法、《探査（プローブ）》をこの治療のために改造したものだ。

本来《探査》は辺りに敵などがいないかを調べる魔法だ。

己の魔力を調査範囲一帯に巡らせることで辺りの魔力や瘴素を知覚できる。

もっともロイドほどになれば、そんなものはわざわざ魔法を発動しなくとも感じ取れるため使う機会は殆どない。

そして今発動している改造版は、調査対象を極わずかに絞ることで本来曖昧にしか理解できない瘴素などの反応を事細かに理解できる。

瘴素の、粒子一つ一つの動きに至るまで。

無論、これは誰にでもできるというわけではない。

少なくともアイラにはとても扱えない代物だ。

だがこうして、ロイドの脳内には魔人の体内を巡る瘴素のすべてが映し出されている。

想定していた通り、魔人の体内には瘴素が満ち満ちている。

しかし、極わずかではあるが魔力も存在している。

ならばやはり、まだ救いようはある。

ロイドの周囲が淡く光り始める。

周囲を舞う魔素がロイドの意思に従って集（つど）い始める。

まるで発光する虫のように、魔素はゆらゆらと辺りを舞う。

その状態をしばし続けてから目を開けたロイドは、魔人の体を凝視した。

そして——。

体内を巡る瘴素。その粒子一つ一つに、ロイドは大気を巡る魔素をぶつけ始める。

魔人と化した体は聖なる力を拒む。

だがその意思を無視して、ロイドは無理やりに魔素を全身に注いでいく。

「……っぅ」

汗が滴（したた）り落ちる。

魔力と魔素、その最大の違いは粒子の密度にある。

魔力とはつまりは魔素の上位互換。

大気を舞う魔素を取り込み、体内で蓄積、圧縮させた超高密度エネルギー。

その力があるからこそ、賢者は世界を創り変えられる。

故に、もしロイドの魔力が魔人の体に注がれたなら、その力に耐えられずに魔人は命を落とすだろう。

それは避けねばならない。

しかし、魔人と化した者を人に戻すためには体内を巡る瘴素のすべてを取り除かなければならない。

瘴素を反発によって消すために、その粒子一つ一つに魔力と準ずる力をぶつけなければならない。

だからこそ、ロイドは周囲に舞う魔素を操っている。

魔力ほどは力を持たない魔素を魔人の体に注ぎ込み、瘴素を取り除く。

これが、ロイドが三年間かけて編み出した治療方法だ。

「……くっ」

ロイドが一つ、苦悶の声を漏らした。

本来自分の体内に取り込んでいない魔素を操ることなどできない。

呼吸などによって取り込んだ魔素が魔力となって初めて意思に従って操ることができる。

そして今、ロイドは普通は操ることのできない魔素を操っている。

大気を舞う魔素を、ロイドは自分自身の魔力で覆い、疑似的にその動きを支配している。

魔素を魔力で潰してしまわないように調整しながら魔人の体の近くまで案内し、そして解放する。

瘴素と反発して出ていこうとする魔素を逃さないように魔力で出口を塞いで。

多くの労力と策を弄(ろう)し、世界を誤魔化すようにロイドは魔人の中へ魔素を注ぎ込む。

瘴素によって魔獣と化した存在に魔素は反発し、相容(あいい)れない。

そんな世界の法則(ルール)を、ロイドは欺(あざむ)く。

目の前の人を救うためだけに、規定された概念を凌辱(りょうじょく)する。

「戻って、こい……ッ」

魔人の全身から放出される瘴素が薄れているのがわかる。

ロイドは思わず、自分のうちにある切実な願いを口に出す。

彼の必死な姿勢にたまらずアイラも胸の前で手を組み、祈る。

そして、遂に――。

「――これで、終わりだ」

視界に映る瘴素のすべてが消滅したのを確認し、ロイドは大気を舞う魔素を解放した。

そして、大きく息を吐き出しながら魔人の変化を注視する。

瘴素によって黒化してしまった皮膚。

それらも、ロイドの理論が正しければ元に戻るはずだ。

すでに魔人を覆っていた瘴素は消え去っている。

「――！　成功だッ」

魔人の――いや、青年の皮膚が元の色を取り戻す。

歓喜の声を上げたロイドはすぐさま《探査》を発動し、青年の体内を巡る魔素を確認する。

――魔素は、正常な人と同じように体内で魔力へと変換されていた。

「…………」

思わずこみあげてきた何かを堪えるために、ロイドは天井を見上げた。

ランプの光がぼやけて見える。

魔人化した者を人に戻すことができた。

その事実は、青年のみならずロイド自身も救ってみせた。

「ロイド、治療が上手くいったの……？」

期待と不安に揺れる声が工房の入り口近くからかけられる。

その声に反応し、ロイドは振り返ってアイラの姿を視界におさめた。

そして、

「ああ、成功したよ」

万感の想いを籠めながらその事実を口にした。

4

「これで全員か……」

ロイドは大きく息を吐き、瘴素を放たない普通の人間に戻った五人のそれぞれに視線を送りながら呟いた。

その顔には疲労の色が見える。

「お疲れ様、ロイド」

「ああ、アイラも見張りご苦労さん。……それにしても、どうしてグランデ村の村民が魔人化なんか」

治療に支障をきたしてはいけないとずっと思考の片隅に追いやっていたその疑問にロイドは改めて向かい合う。

やはり今回の一件は何を取っても違和感しかない。

どう考えても世界樹（オルビス）の近くであるグランデ村で魔人化するほどの瘴素を取り込み続けるはずがな

い。

「この五人に共通しているのは、自警団の連中ってことぐらいだが、逆を言えばそれだけは確実に共通しているってことだ。……自警団に何かあったのか？　いや、なら他の奴らも魔人化するはずだ。どうして自警団の、それもこの五人だけ……」

顎に手を当てて、ロイドはぶつぶつと考え始める。

そうして、ロイドは以前のアイラとの会話を思い出した。

「まさか――いや、現状だとこれ以外にはあり得ない。アイラ、お前以前に流れの行商人が魔力水を安価で売っていたって言ったな？」

「え、ええ。自警団の中で魔法を使える人が買い占めて――」

「それだ。それ以外に魔人化する要因が見当たらない。アイラ、悪いがその魔力水とやらがこいつらの家とかにないか捜してきてくれないか？　あと、地上にいる連中にこいつらは完治したと伝えてくれ」

「わ、わかったわ」

すぐさま工房を出ていくアイラの背中を見つめて、ロイドはまた小さく息を吐き、脱力する。

相当な集中力を使う作業を長時間続けたせいか、頭が重たい。

だが、まだ眠るわけにはいかない。

少なくとも今抱いた疑惑の真偽がはっきりするまで。

少ししてアイラが階段を駆け下りてくる音でロイドは曖昧だった意識を覚醒させた。

彼女の手には魔力が籠められた水——魔力水の入ったガラス瓶が握られている。

「ロイド、これ……！」

「よくやった。地上の奴らにも伝えてくれたか？」

「うん、みんなロイドに感謝していたわ」

「……そうか」

誰かに感謝されることを、ロイドは余り好きではない。

自分のような存在が感謝をされる時は大抵誰かに不幸があった時だ。

他人の不幸の上に成り立つ自分への感謝。

その矛盾する現実に疑問を抱くこともあった。

「——っと、ひとまずこの魔力水を視るか」

アイラからガラス瓶を受け取る。

そしてその中に入っている魔力水に視線を向けたその瞬間——ロイドは表情を険しくした。

「やっぱりか、くそっ、外れていて欲しかったが……」

「何かわかったの？」

「ああ。この魔力水にはわずかだが瘴素が混ぜられている。恐らくこれが今回の魔人化の原因だ。

連中は魔法を使うたびにこの魔力水を飲んでいたんだろう。そうして魔力を回復すると同時に、
徐々に体内に瘴素を蓄積させていった。——その結果が今日の惨状だ」

「そんな……私、全然わからなかった」

「無理もない。瘴素以上に魔力の存在が強いからな。その陰に隠れて視えなかったんだろう。しかしよくよく目を凝らせば、水の中で二つの物質が反発しあって不可思議な動きをしているのがわかる」

自警団の中で五人しか魔人化しなかったのは、魔法を扱うのがこの五人だっただけのこと。

普通の人であれば魔力水など必要がないのだから、瘴素を取り込むことはない。

「問題は誰がこんなことをしたかだが……」

「誰がって、じゃあロイドは誰かが意図的に今回のことを仕組んだと思ってるの？」

「当たり前だ。こんなもの意図的にじゃなければ作り出せない。瘴素を取り込めばどうなるかなんて誰でも理解できることだ。――つまり、何者かがグランデ村の村民を魔人化させようとしたんだ」

「一体、誰がそんなひどいことを」

ロイドの話を聞いて、アイラは思わず歯を食いしばり、拳を強く握る。

それは今回のことを仕組んだ黒幕への怒りでもあり、何より行商人がこの魔力水を売る場に立ち会いながら瘴素が混入していることに気づけなかった自分自身の無力さへの怒りでもあった。

少なくともあの時自分が気付けていれば、このようなことにはならなかったのだ。

「黒幕については俺が調べておく。ひとまず今は村の復興だ。……アイラ？」

見ると、アイラは目に涙をためて震えていた。

そんな彼女を見てロイドが固まっていると、不意にアイラは目元を腕で覆い、工房を飛び出していた。

「お、おい！　アイラ⁉」

ロイドの叫び声を無視してアイラは階段を駆け上がる。

その弟子の姿にロイドは思わずため息を吐いた。

「……たくっ、ホント手のかかる弟子だよ」

小言を漏らしながらロイドは風の魔法を発動し、床に並べられた五人の青年を持ち上げる。

そして工房の外へと運び始めた。

◆　◆

工房を飛び出したアイラは堪らず草原へと駆け出していた。

ひとまず今はあの村の惨状を目にしたくなかったのだ。

もし行商人の元にロイドが行っていたなら、今回のことは未然に防ぐことができた。

結果論に過ぎないと理解している。

今の自分の実力と、大賢者であるロイドの力を比較することすらおこがましいとわかっている。

それでも、自分のせいで誰かが命を落としかけるような事態がこの短い間に二回も起きてしまった。

その事実がどうしようもなくアイラを責め立てる。

「はぁ……少しここで頭を冷やしてから戻ろう」

今こうしている間にもロイドは村人の治療にあたっているはずだ。

それを手伝わなければ。

アイラは草原の中ほどで足を止め、涙を拭う。

——その時、北の方から強い風が吹きつけてきてアイラは思わず目を細めた。

そして風がおさまった時、アイラは風が来た方へ無意識に視線を向ける。

そこには、フードを目深に被り顔を隠した一人の男が立っていた。

5

「あなたは……っ」

怪しげな男を視認したアイラは警戒を露わにする。

その立ち姿に見覚えがあったのだ。

アイラが男を認識したように、男もまたアイラを認識した。

「おや？　どうして村民がこんなところに……まさか、失敗しましたか」

何かを考えこむ仕草を取る男にアイラは叫ぶ。

「あなた、私の村に魔力水を売りに来た行商人よね！　どうしてこんなところにいるの！」

そう、男はグランデ村を訪れた流れの行商人。

今回の事件の元凶となった魔力水を安価で売った人物だ。

ロイドの話が本当ならば、あるいは目の前の男こそが黒幕かもしれない。

だが何も知らずにただ商品を売っていただけの可能性もある。

アイラの問いに男は少しの沈黙の後「……どうして？」と小さく呟く。

男の表情はフードに隠れてうかがえない。

フードの影で隠れた口が僅かに吊り上がる。

「それはちょうど僕も気になっていたのですよ。……どうして君が生きてこの場にいるのかがね」

「――！　もしかして、魔力水に瘴素を混入させたのって」

「ほう？　そこまで事を理解しているのですか。なるほどなるほど、どうやらイレギュラーな存在がいたらしい。君か、あるいは別の誰かか。……どうあれ、実験が失敗したのであれば長居は無用ですね」

「ッ、逃がすわけないでしょ！」

アイラは魔力を放出し、男へと狙いをつける。

最早疑問は確信に変わった。

男の言動は、一行商人のものではない。

目の前の男こそが、今回の黒幕だ。

ならばこのまま帰すわけにはいかない。

「――《迅雷》!!」

いつの間にか一番星が出ている時分、薄暗い草原に光が駆ける。

閃光は尾を引きながら男へ迫る。

――命中する。

放った紫電が目の前に迫りながらも回避しない男を見て、アイラは確信する。

だが――、

「……ッ!?」

確かにアイラの読み通り、紫電は男に命中する。

けれど見えない何かに阻まれ、バチィッという音を立てた後空中に霧散した。

一体何をしたのかという疑問を抱くよりも先に、アイラの視界に信じられないものが飛び込んでくる。

アイラの放った衝撃でめくれたフード。

その影に隠れて見ることができなかった男の顔が露わになる。

「嘘、そんな……ッ」

アイラの口から悲鳴にも似た声が零れ落ちる。

フードの下から現れた男の顔は黒く、――瘴素を纏っていた。

「ま、魔人……ッ」

かつて自分が住む村を単騎で壊滅させ、家族も友も家も、何もかもを奪った存在。

それと同じ存在が、今目の前にいる。

脚がガクガクと震え始める。

畏怖するアイラを男は不機嫌そうに睨みつけた。

「やれやれ、随分とお転婆な小娘がいたものです。あのまま何もしなければ命だけは見逃したものを……」

苛立たしげに呟きながら、男は白く長い髪を掻き上げ――最早隠すことなく、全身から瘴素を放出した。

◆　◆

「――《治癒（トリート）》」

ロイドは家の外で怪我人たちの治療にあたっていた。

怪我をした少女に杖の先端をかざし、魔法の名を口にする。

すると瓦礫によって負った右腕の切り傷に小さく魔法陣が浮かび上がり、光がおさまるころにはその傷が塞がっていた。

「ありがとうございます、大賢者様ッ」

少女の母親がロイドに向けて頭を下げてくる。

ロイドは彼女に頷き返してから、視線をこの場に集った村民たち全員に向けた。

「もう他に怪我をしている奴はいないないな」

ロイドが声を張り上げて問うと、少し遅れてから村人の一人が「は、はい！」と返事をしてきた。

それを受けて今度は視線を家屋の瓦礫の山へと向ける。

もう既に辺りは暗くなり始めている。

今から瓦礫を片付け、新たな家屋を建てることは不可能だろう。

「ロイド様、このたびは我が村をお救いいただきありがとうございました」

思案するロイドに、七十を超えた老人が声をかけてきた。

顎から立派な白髭を生やしている彼は、このグランデ村の村長だ。

「俺もこの村に世話になっている者の一人だ。力を貸すのは当たり前だ、感謝されるようなことじゃない。それよりもこの有様だが……」

「倒壊した家屋が再建されるまでの間は、家が無事な者の元で過ごすように指示をいたします。その辺りのことは、わたくしの領分です」

「そうだな。俺の家も何部屋か客室が余ってる。必要なら言ってくれ」

ロイドの言葉に村長は深々と頭を下げる。

それから振り返り、この場に集った村民たちへ指示を始めた。

そんな村長の様子を見たロイドは小さく笑みを浮かべてその場から離れた。

「さて、後はアイラだが……」

工房を飛び出していった弟子のことを思う。

彼女がなぜあの場をまるで逃げ出すように出ていったのか、ロイドには容易に想像できる。

きっと、自責の念に駆られたのだろう。

気にするなという方が難しい。

アイラの気持ちがロイドにも痛いほど理解できる。

「どう慰めてやろうかね」

師匠も大変だなと内心思いながらロイドはあてもなく歩を進める。

——っと、その時。ロイドは不意に足を止めた。

「ストレス発散でもしてやがんのか？」

草原で魔力の反応を感じ取り、ロイドは呆れ交じりに呟く。

周りに何もない場所で魔法を思い思いに放ち、胸中に湧き上がった感情を吐き出そうとしているのか。

そう思ったロイドだったが、しかしすぐにそれは間違いであると知る。

草原の方から——空へと至るほど膨大な瘴素の竜巻が見えたのだ。

「！　まだ何かいやがったのか……ッ」

目に見える瘴素の量は先ほどまでグランデ村で暴れていた魔人もどきとは一線を画している。

それこそ、魔王討伐の中で出会ってきた魔人たちと同等の力だ。

「——————」

ロイドは魔法によって宙へ浮かび上がると、そのまま草原へ向けて飛翔した。

6

「――っぅ！」

魔人の攻撃によって吹き飛ばされたアイラは草原を数メートル転がる。

地に打ち付けられた衝撃で全身に走る痛みを堪えながら、アイラはなんとか上体を起こした。

「《迅雷》！」

碌に狙いもつけずに放った紫電は、しかし偶然にも魔人の方へと飛んでいく。

だが、やはり瘴素の壁に阻まれる。

魔人は回避などせずともこちらの攻撃を防ぐことができ、逆に魔人の放った攻撃は回避すらできない。

この事実だけで、どちらが勝つかなど考えるべくもなかった。

魔人は体に纏う瘴素を自在に操りアイラへと放ってくる。

それが直撃するたびに、全身を襲う痛み以上に体内を巡る魔力が削られているような感覚がある。

魔人の攻撃を何度も食らってしまえば、それこそ魔力が尽きて戦うことすらできなくなってしまう。

「力の差は理解できたでしょう？　さあ、あの村で何があったのかを話しなさい。君程度の実力で魔力水の仕掛けに気付けるとも思えない。一体誰に聞いたのですか」

「教えてあげるわけ、ないでしょう……！」

余裕綽々といった様子で自分を見下ろしてくる魔人に、せめてもの抵抗とばかりにそう返す。

だが魔人はアイラの挑発を鼻で笑う。

「そのような虚勢に意味などないと、君自身わかっているはずです。本来君程度の存在、刹那の時間もかけずに始末できるのです。君だってその年で死にたくはないでしょう？　僕に情報をもたらすのならば、その見返りに命だけは見逃してあげようと言っているのです」

「ふん！　あなたなんかの言葉を信じるわけがないでしょうが！」

かみつきながらアイラは更に魔法を練り上げる。

だが、アイラが魔法を放つよりも先に魔人が動いた。

面倒臭そうに魔人はアイラに向けて手をかざす。

その瞬間、魔人の体の周囲を漂っていた瘴素が突然、同心円状に広がり始めた。

辺り一帯を黒い霧が覆う。

当然、瘴素はアイラのいる空間までもを飲み込んだ。

「嘘ッ、どうして……？」

アイラの手の先に浮かび上がった魔法陣が突然霧散する。

何かに阻害されるように砕け散ったのだ。

これこそが、魔王討伐の折にディアクトロ大陸に踏み込んだのが四人の大賢者だけだった理由だ。

大気を瘴素が覆う地では自然に魔力の回復が見込めないばかりか魔法の発動そのものが阻害されてしまう。

魔素だけでは何かを生み出せないにもかかわらず、瘴素はただそれだけで破壊の性質を持っている。

長年魔族が優位を築けてきた最大の要因でもある。

「――ッ」

すぐさま瘴素の影響下から逃れようとアイラは必死に魔人から距離を取ろうと試みる。

だがそれよりも先に魔人がアイラに詰め寄る方が早かった。

「――いいでしょう、何も話さないというのならば最早用はない。あの世で後悔するがいい」

瘴素を手の近くに集わせる。

それは次第に剣を模り、魔人の手の中におさまる。

苛立ちを交えた宣言と共に、魔人はそれをアイラに向けて振り下ろそうとして――、

「……ッ！」

突然、後ろへと跳躍した。

直後、魔人が立っていた場所から土の棘が幾本も突き出した。

「確かに俺は、弟子は師匠に助けられるもんだって言ったが……さすがに頻度が高すぎやしないか、アイラ？」

「う、うるさいわね……」

空から黒いローブを翻し悠然と現れたロイドの放った言葉に、アイラはいつもの調子で返事をする。

だが言葉とは裏腹に彼女の声は涙交じりの安堵に満ちている。

そんなアイラのすぐ傍に降り立ったロイドは、こちらを見つめてくる魔人を睨みつけた。

「てめえが今回の黒幕か。悪いがここで死んでもらうぜ」

「君が彼女の師匠というわけですか。とすると魔力水の仕掛けに気付いたのも君ですね？」

「なんだその口調、気持ち悪いな。ま、その通りだがそれがどうかしたか？」

「いえ、これで憂いなくこの場を去れるというものです。——もちろん、君たちを始末した後にですが」

言いながら魔人は再びこの場全体に瘴素を放ち始める。

その光景に、アイラは思わずロイドに向かって叫んだ。

「ロイド、気を付けて！」

「わーってるよ。確かにこいつはお前には荷が重い相手だ」

「くくっ、もう遅いですよ」

魔人の放った瘴素がロイドの周囲の大気を埋め尽くす。

こうなれば普通の賢者では魔法の行使すらできなくなる。——普通の賢者であれば。

「なんだ、これだけでもう勝ったつもりでいるのか」

「くふふっ、弟子も弟子ならその師も師ですね。無駄な虚勢を張ることだけは得意らしい。ですが、これで終わりですよ」

魔人は頭上へ手をかざす。

すると、そこに瘴素が集い幾本もの剣ができ上がる。

そして――一斉に放たれた。

「――」

反射的に目を瞑るアイラをよそに、ロイドは魔人を見つめ続けながら小さく呟く。

「俺にこんなものが効くわけがないだろう」

なんでもないかのようにロイドはそう口にする。

それさえも魔人はただの虚勢と受け取ったらしい。

小さな笑いを零す。

だがその笑みは次の瞬間には驚愕へと変わっていた。

ロイドの体から眩い光が漏れ出したと思うと、その光が大気を舞う瘴素を吹き飛ばしたのだ。

瘴素の拘束から解放されたロイドは続けて《防護》を使い、魔人の攻撃を防ぐ。

その一連のロイドの行動を見て、魔人が抱いた驚きは別のものになっていく。

「……この魔力、その出で立ち。なるほど、竜を殺したのも、今回生まれた僕たちの同胞を抑え込んだのもすべて君の仕業でしたか」

「竜？　なんだ、そういうことか。あの魔竜はてめえが連れてきたんだな」

魔人の呟きにロイドは納得する。

あれほどの上位種が魔獣化することなど、それこそディアクトロ大陸でしかありえない。

目の前の魔人がなんらかの目的で魔竜を引き連れ、グランデ大森林の奥地へその身を隠していたのだろう。

もっとも、なんの目的でかは考えるべくもない。

今回グランデ村の村人たちを魔人化しようとしたのと、魔竜を引き連れてきたのは同じ目的。

――つまりは、この地を支配するためだ。

「瘴素の力が及ぶのは魔力が魔法へと変換されるその過程。魔力そのものを力とされては打ち消しようがないですね」

魔人は冷静に今起きたことを分析する。

ロイドは体内を巡る魔力を魔人と同じくそのまま力として大気へ放出し、瘴素を吹き飛ばした。

原理としてはなんてことはない。

誰もが一度は思いつくようなことだ。

しかしそれを実行に移すには、並の賢者ではそもそも魔力量とその濃度が足りない。

ここでようやく魔人はロイドの評価を改めた。

「どうやらあなたは僕の目的の最大の障害になるようですね。いいでしょう、それならば僕もそれ相応の覚悟で臨むことにします」

「――――!」

魔人から放たれる瘴素が一層その量を増していく。

そしてガキッ、ボキッ、ゴキッという異音が魔人から発せられる。

見ると、それまで細身だった魔人の体躯が徐々に変貌し始め、次第に巨大な体へと変わっていく。

それまで意志によって抑え込んでいた瘴素の枷を解き、全身を瘴素によって強化しているのだ。

数秒後、そこには人も魔人もいなかった。

ただ一体の漆黒の化け物がロイドを睨み、低い唸り声を上げていた。

7

「それがてめぇの本性か……ッ」

現れた漆黒の化け物を睨みながらロイドは忌々しげに呟く。

その後ろでアイラは瘴素に気圧されて震えていた。

「くはは、そうだ、思い出したぞ！　胸につけている黄金の勲章――キサマ、大賢者だな！」

ロイドが身に纏う黒いローブ。その胸元を指さしながら魔人は吠える。

その咆哮に同調するように瘴素を含んだ大気も雄たけびを上げた。

「そうだ、間違いない！　その容貌、その魔力……ああ、オレは三年前キサマに出会っている！」

「……何？」

ここで初めてロイドは表情を変えた。

眉を寄せ、魔人が口にした内容を訝しむ。

大賢者であるロイドと出会った魔人は例外なくすべて葬り去られてきた。

心当たりがない。

すると、魔人は更に続けて聞き捨てならない言葉を口にした。

「――マルネ村」

「……！　てめえ、あの場にいやがったのか！」

「え……？」

魔人が口にした村の名前に、ロイドとアイラはそれぞれ反応を示す。

ロイドは剥き出しの怒りを、アイラは困惑した様子を。

――マルネ村。それは以前アイラが暮らし、魔人によって滅ぼされてしまった村の名だ。

その村の名を知っているということは、少なくとも目の前の魔人がなんらかの形であの惨劇に関わったということだ。

魔人は先ほどまでの冷静沈着で余裕を感じさせる口調を一転、野蛮な物言いで続ける。

「おっと、勘違いするなよ？　オレは何もしてねえよ。あそこはマルギスの管轄だったからな、オレは遠くからアイツの仕事を眺めてただけだ。……まあもっとも？　途中で現れたキサマのせいでおさらばしちまったわけだが」

「――――」

ロイドは拳に力を籠めながら魔人を恨めしげに睨みつける。

魔人の口ぶりから察するに、彼らの中でも派閥や立場というものがあるらしい。

それによって攻め入る地域が分けられていたらしいが、つまりは目の前の怪物も別の場所でマルネ村同様の惨劇を引き起こしていたわけだ。

何より、彼女の……アイラの前でかつての記憶を引き出すようなことを聞かせてしまったことに怒りを抱く。

魔人に対してだけでなく、自分自身に対しても。

ロイドはちらりとアイラを見やる。

さすがに動揺しているらしかったが、そこまで打ちひしがれている風にも見えない。

そのことに僅かながら安堵しながら、しかしロイドはすぐさま魔人に敵意を向けなおす。

あるいは彼女も内心では相当なショックを抱いているかもしれない。

それを外には出さずに今必死に心の中に抑え込んでいるだけかもしれない。

ロイドの知るアイラは、そういうことをしかねない。

ならば今自分にできることは一刻も早く目の前の魔人を始末することだ。

「てめえはもうこれ以上喋るな。すぐにこの世界から魂ごと消してやる」

「ギャハハ、随分な物言いだな大賢者ァ！　隠しているつもりのようだがオレにはわかるぜ？　ここに来るまでに相当消耗しているみたいじゃねえか。その状態でオレに勝てると本気で思ってやがんのかァ？」

「――――ッ」

魔人の指摘にロイドは苦虫を噛み潰したような表情を浮かべる。

魔人もどきとの戦闘や村人の治療などはロイドからすれば些細なことだ。

だが、魔人を人に戻す際に使った魔力はそれこそ大魔法を数発撃っても余りあるものだ。

しかし、それがどうしたというのか。

三年前、魔王と対峙した時のロイドも万全の状態ではなかった。

ディアクトロ大陸内に突入してから碌に魔力も回復できない中、数多の魔人や魔獣を倒したうえで魔王と戦った。

消耗し、敵の懐に飛び込みながら勝利をものにしたのだ。

「――へっ、関係ねぇよ」

魔人の哄笑に対抗するかのように、ロイドは不敵な笑みを浮かべた。

「てめぇと俺には絶対的な差がある。この程度の消耗、ハンデにすらならねぇよ」

「バカがッ！　虚勢を張るのもいい加減にしろォッ！」

瘴素が魔人の背中に集い、それは漆黒の翼となる。

その翼を生かした魔人の突撃を、ロイドは避けることなく真正面から迎え撃つ。

「……ッ」

瘴素を宿した魔人の拳をロイドは《防護》で受け止める。

黒と白。二つの光は互いにせめぎあい、拮抗する。

削れては補充を、削れては補充を、を繰り返し、どちらも押し切れずにただその残滓だけが周囲に漏れ落ちる。

瘴素によって削れた部分をロイドは更に魔力を注ぎこみカバーする。

《防護》によって失われた分の瘴素を、魔人は急ぎ全身に纏う瘴素を移動させて補う。

その応酬にけりをつけようと、魔人は空いている左手を宙にかざす。

魔人の頭上には再び漆黒の剣が現れ、ロイドを串刺しにせんと放たれる。

それでもロイドは躱すことなく、更に《防護》を展開することで防ぎきる。

全く退くことなく真っ向から立ち向かってくるロイドの戦い方を受けて、魔人はニヤリとその相貌を歪める。

「それほどまでにその小娘が大切か」

「――！　まあな、俺の弟子だからな。ただ破壊をするだけのてめえらにはわからねえだろうが」

「クハッ、ああ、わからねえよ。何より理解できねえのは、小娘、キサマだ」

「私……？」

「おいアイラ、こんな奴の言葉に耳を貸すな！」

突然魔人に話題の矛先を向けられ、ロイドの背後に守られるようにして地面にへたり込んでいたアイラが困惑の言葉を漏らす。

ロイドは嫌な予感がしてアイラに向かって叫ぶ。

「だってそうだろ？　――自分の親を殺した奴を師として仰ぐなんて、狂気の沙汰ってやつだ」

「――――」

「なんだぁ、その顔。まさか知らなかったのか？　……クハハ、こいつぁ傑作だ！」

「黙りやがれッ!!」

険しい表情でロイドは叫ぶ。

魔人は愉悦(ゆえつ)に満ちた笑い声を上げながら一度ロイドから距離を取った。

すっかり日が落ち暗くなった草原。

そこにはおぞましい笑みを浮かべる魔人と、そんな魔人を憎々しげに見つめるロイド、そしてそんな二者にそれぞれ疑念を向けるアイラの姿が残されていた。

8

「――さっきからベラベラとうっせえ！」

高笑いする魔人に対して、ロイドはそう叫びながら魔法を行使する。

ロイドの前方に巨大な魔法陣が浮かび上がり、そこから竜巻が放たれる。

地面をも砕くほどの勢いを孕んだ烈風は魔人の巨躯を浮かし、吹き飛ばした。

「……ッ、アイラ？」

離れていく魔人に追撃をかけようと前へ重心を向けたロイド。

だが、アイラに後ろからローブを摘まれてそれは阻まれた。

「ロイド、どういうことなの？」

その瞳は懐疑心(かいぎしん)で揺れている。

しかし、そこに突然聞かされた話に対する動揺や衝撃が見られないのは、やはり自分とレティーシャの話を聞いていたのだろう。

ロイドは答えに詰まりながら、しかし彼女に聞かれたのなら最早誤魔化す必要も理由もない。

魔人へ向けていた視線をアイラに向け、ロイドは毅然と言い放つ。

「あいつを倒したら、お前にすべてを話してやる。だからそれまで待っててくれ」

「……わかった。気を付けてね、ロイド」

彼女とて今は魔人を倒す方が先だということは理解しているのだろう。

ロイドの言葉に頷き、更には気遣いの言葉をかけてきた。

その優しさにロイドは思わず笑みを漏らしながらアイラの頭を軽く撫でる。

そして再び魔人へと視線を向けた。

「――ってわけだ。俺は弟子との大切な話があるんだよ。悪いがてめえにかまってる時間はねえぞ」

アイラを残し、魔法で加速しながらロイドは魔人へ迫る。

超速(ちょうそく)で迫るロイドを見ても、魔人はその余裕の態度を一切崩さない。

「キサマが小娘と話す時間などない。キサマはここで死ぬのだからな、大賢者ァッ！」

そこには先ほどまでの理性の影はなく、ただ破壊の使徒だけがいた。

魔人とは瘴素によって破壊された理性を保った存在のことを指す。

が、正確には瘴素を抑え込み、平時は理性を保てている存在だ。

瘴素を操ることで通常戦闘状態にない時は瘴素を抑え込み、比較的理性を伴った言動を行える。

それこそ、顔や溢れ出る瘴素を見なければ普通の人間と勘違いするほどに。

だがひとたび戦闘状態に入ればそれは一変する。

自身にかけた制限を解き、瘴素の力に身をゆだねた魔人は正真正銘の怪物となる。

枷から解き放たれた瘴素は魔人の体を破壊し、改造し、強化していく。

その中で当然他の魔獣同様に理性をも殆ど失う。

残るのはせいぜい自分が理性ある生物であったことの自覚と、瘴素を操る技量ぐらいだ。

故に、通常時と戦闘時の魔人の人格には二面性がある。

それぞれの人格によって異なる記憶も持ち合わせている。

きっと、目の前の魔人はこの状態で三年前マルネ村にいたのだろう。

だからこそこの状態になったことで記憶が解き放たれ、大賢者のこと、ロイドのこと、マルネ村のこと、アイラのこと、そのすべてを思い出したのだろう。

「迷惑な話だ。……いや、ありがたいと言った方がいいか」

それらを考えながらロイドは呟く。

どちらかといえばアイラに話をするキッカケを作ることができたことを感謝するべきかもしれない。

……間違っても、魔人なんぞには感謝などしてやらないが。

魔人がまたもや瘴素で剣を創り出し、放ってくる。

だがアイラを背後に残してこれた以上、ロイドの回避を妨げるものはない。

瘴素の動きを感じ取り、そのすべてを見ずとも避けていく。

視覚に頼らず、ただ己の感覚を信じて。
――故に、それは目で見るよりも正確で、視線を向けるよりも早い。
ロイドはそのスピードを一切落とすことなく魔人の懐に飛び込んだ。
さしもの魔人もそこでようやく余裕の表情を崩す。
慌ててロイドに向けて瘴素の霧を放ち始めた。
「――おせぇッ！　《重力（グラビタス）》！」
魔人の足元の重力が増す。
その影響で魔人は地に伏しそうになりながら――、
「舐めるなァアアアッッ!!」
瘴素によって強化した膂力（りょりょく）を生かしてそれに抗った。
そしてすぐさまこの魔法から逃れるべく背に生やした漆黒の翼で空へ飛び立つ。
当然、ロイドもその後を追った。
強風が吹き荒れる上空で、再び魔人とロイドは相対していた。
ここまで追ってきたロイドに魔人は苛立ちをぶつける。
「イイカゲンキエロォオオオッッ!!!!」
魔人から放たれる瘴素。
そのあまりの濃度に大気が悲鳴をあげ、バチバチと電気を放ち始める。
最早理性を失った獣をロイドは小さく笑った。

「てめぇはバカか。わざわざこんなところに逃げやがって……ここなら地上の被害も考えずにすむだろ？　てめぇを倒すにはおあつらえ向きの場所だ」

「ナニ？」

「てめぇらの王様にも放った一撃だ。手向けとして受け取りやがれ！」

魔人の瘴素に対抗するかのようにロイドの全身から放たれる魔力もその量を増していく。

上空で魔力と瘴素がぶつかり合い、摩擦を起こす。

最早瘴素による遠くからの攻撃は通じないと理解したのか、魔人は一層背に生えた翼の瘴素を増し、その反発力を用いた突進を敢行してきた。

だが、アイラという人質がいなくなったロイドにはそんなものは通じない。

突き出したロイドの手の先に一つの……いや、複数の魔法陣が浮かび上がる。

一つの魔法陣の先にもう一つ、その先に更に魔法陣が。

百近い魔法陣が展開され、それぞれ不規則に回転を始める。

それを見て、魔人は突撃をやめる。

魔法陣に注ぎ込まれる魔力が今までのものとは一線を画していた。

それに恐怖を抱いたのだ。

「──今更逃がすわけないだろ」

ロイドの呟きに応えるように百近い魔法陣が一際明るく光り──夜空を切り裂くように炎の濁流が魔人を飲み込んだ

9

炎の濁流の中から燃え尽きた魔人が地面へと落ちていく。

ロイドはふわりと地面に降り立ち、消し炭と化した魔人に歩み寄った。

「……キサ、マッ！」

最早動くことすらできない魔人は敵であるロイドに怒りを向ける。

それをロイドは飄々と受け流す。

そして憐憫の目を向けた。

「もう、俺にお前は救えない。だからさっさと逝くんだな」

「オレハ、マダ、シナヌ……！」

自分に待ち受ける滅びという結末。

それを回避すべく、魔人は力を引き出そうと試みる。

だが――、

「ウガッ、グァァァァァッッ!!」

弱りきった体に瘴素はかえって毒となる。

湧き出した瘴素は魔人の体を内側から破壊していく。

苦しみ喘ぐ魔人に対してロイドは一層強い哀れみを抱く。

だが同情はしない。

目の前の怪物がこれまでなしてきたことを考えると、とてもそんな感情は抱けない。

ロイドは魔人にとどめを刺すべく、手をかざす。

手のひらに魔法陣が展開され、そこから不可視の刃が放たれようとして——突然ロイドが胸を押さえて苦しみだした。

「——ッ、ぐ……っ!?」

白く光る魔法陣からは本来放たれるはずであった不可視の刃ではなく、黒い粒子が溢れ出ている。

それを必死に抑え込もうと苦しみ喘ぐロイドを見て、最早死に体の魔人は口角を上げた。

「キサマ、ククッ、ソウカ……ッ、ワレラガオウノチカラハ、トドイテ……」

「っ、黙りやがれ！　てめえには関係ねえだろうがッ！」

「クハハハッ、サア、オレヲコロスガイイ！　コレホドノヨロコビトトモニネムレルナラバ、コレイジョウノコトハナイ！」

「あぁそうかよ、なら望み通り逝かせてやる……ッ」

息を荒らげながらなんとか黒い粒子を抑え込んだロイドは、苛立ちを抱きながら再び魔人に手をかざす。

そして今度こそ、ロイドの放った不可視の刃は魔人の首と胴体を切り分けた。

魔人が最期に残した哄笑がロイドの鼓膜を揺らす。

「うっせえよ、ホント……」

何も話さなくなった魔人の死体を見下ろしながらロイドはそう小さく毒づいた。

「ロイドー！」

魔人との決着がつき、暫くその場で佇んでいたが、少し離れたところから放たれたアイラの叫び声にロイドは意識を向ける。

駆け寄ってくる弟子の姿を視界におさめながら、ロイドはもう一つの戦いに向けて気持ちを切り替えた。

◆

◆

「そいつ、もう死んだの？」

「……ああ」

駆け寄ってきたアイラは地面に転がる魔人の死体を指さし、怯えながら聞いてきた。

ロイドはそれに小さく頷き返す。

その返事を受けて、アイラはホッと胸を撫でおろした。

「ありがとう、ロイド。また私を助けてくれて」

「…………」

アイラの感謝の言葉に、ロイドは今度は言葉を返さない。

彼女の声色がどこか無理をしているように感じたのだ。

お互い無言で魔人の死体を見下ろす。

その時冷たい夜風が草原を吹き抜け、二人の体を撫でた。

「っ、取りあえずグランデ村に戻らない？　皆心配していると思うし」

何かから逃げるように、アイラはそう提案してきた。

そして駆り立てられるようにグランデ村へ歩き出そうとしたアイラの腕を、ロイドは半ば反射的に掴んだ。

「アイラ、お前に話がある。お前の父親についてだ」

「さ、さっきは動揺しただけだからっ。ロイドが話したくないのなら無理に話さなくても――」

「いや、もうお前も知っておくべきことだ。これ以上このことを先延ばしにしても仕方がないからな。今以外に話す機会はない」

「――――」

「アイラだって本当は知りたいだろ？」

「……うん」

アイラの中には、家族と死別することとなったあの日までの温かな記憶がある。

そしてそれとは別に、ロイドと暮らした二年間の記憶もある。

確かに父親とロイドの間で起きたことは気になる。気にならないはずがない。

だがそれと並ぶほどに、二人の間に起きたことを聞いて自分がロイドを避けてしまうことを恐れている。

魔人から命を救ってくれたロイドが、父親を殺したという過去。

もしそれが事実だと彼自身の口から言われたならば、今後今まで通りに接する自信がない。

あるいは彼から教わった力で彼を傷つけるかもしれない。

それもまた、アイラにとってはつらい未来だ。

ならば過去は過去のことと割り切って今を生きるために最善の道を選ぶべきかもしれない。

つまるところ今のアイラの目の前に提示されている選択肢は、もう戻ることのない過去を優先するか、今とそして未来を優先するかの二択だ。

もちろん、アイラとてロイドが悪行をなしたと思っているわけではない。

きっと彼のことだ。なんらかの事情があって、父親の命を奪ったのかもしれない。

「アイラ、これから話すことはもしかしたらお前のこれからを変えてしまうかもしれない。だが、現実から目をそらして生きる人生はきっと悲しいものだ。そのことにさえ気付いていなければそんなことはないかもしれないが、お前はもうそうじゃない。……まあ、俺が言えた義理じゃないけどな」

ロイドもまた、この問題から逃げ続けてきた。

アイラに偉そうに説教できる立場ではないと自分自身理解している。

「もしアイラが聞きたくないって言うなら、俺は何も言わない。でもな、俺はお前とこのまま偽りの関係でいたくない。このことを聞いてお前が俺に恨みを抱くなら、それはそれで仕方のないことだ。……どうする？」

ロイドの最後の問いにアイラはしばし無言で俯く。

アイラにとってのロイドは命の恩人で、憧れの人だ。

決して口には出さないが、尊敬しているしロイドみたいになりたいと思ってもいる。

だがその理想を壊すような事実をこれから聞くことになるのかもしれないと思うとどうしても頷けない。

けれど、ロイドの言っていることももっともだ。

あるいはアイラ自身があの夜レティーシャとの会話を聞いていなければ、魔人の話に耳を傾けていなければ、今まで通りの生活を送ってもなんの問題もなかっただろう。

だが現にアイラはロイドに対して疑念を抱いてしまっている。

そんな状態で暮らす生活に果たして意味はあるのか。

「……わかったわ。聞かせて、ロイド」

アイラは顔を上げ、ロイドの顔を真っ直ぐに見つめながら強い意志を感じさせる語気でそう呟く。

それを受けてロイドは「ああ」と一言返し、それから目を瞑った。

「——そうだな、あれはいつも通り魔族討伐をしていた時のことだ」

第五章

1

――三年前

「……！　あそこかッ」


ロイド・テルフォードはこの日も変わらず魔人討伐のため各地を回っていた。

全速力で走るロイドの視界の先には黒煙が立ち上る小さな村が見える。

魔王が君臨し、魔族が猛威を振るうこの時代ではこんな光景は最早見慣れたものでしかない。

あの黒煙の下ではいつもと同じく魔人が村を蹂躙していることだろう。

それを止め、被害を最小限に留めることが大賢者であるロイドに課された使命でもある。

これまで何百、何千の魔族を葬ってきたロイドだが、当然救えない命はあった。

この手で奪ってきた命もある。

その都度かけられた感謝の言葉の数だけ、怨嗟（えんさ）の声も聞いてきた。

全く救われない役回りだと、戦いながら幾度となく思ったことがある。

だがそれでも、戦わずに誰かが死ぬ未来になるぐらいならばとロイドはその力を振るい続けている。

あるいはそれが、自分を育ててくれた師の生き方でもあるからか。

「ちっ、余計なこと考えるんじゃねえ」

村が迫ってくる。

血の臭いがロイドの鼻腔をかすめ、家屋が燃える音が耳朶に触れる。

その中で、聞こえてくるはずの音が聞こえないことにロイドは顔を顰めた。

聞こえてくるはずの音——人々の悲鳴が一切聞こえてこない。

突然の災厄に苦しみ喘ぐ人々の悲鳴を聞くのはつらいが、それは裏を返せば声を上げている人は少なくとも生きているということだ。

生きていなければ、苦痛を叫ぶことすらできない。

だからこそ、ロイドは人々の悲鳴を聞いて安堵するのだ。

まだ助けられる、と。

けれど、今回はそれがない。

「——ッ」

歯ぎしりをしながら更に足に力を籠める。

こんな時でさえ、魔法による身体能力の強化を肉体の限界ギリギリまで抑えていられる自分の冷静さがいっそ恨めしかった。

◆　◆

魔人に襲われた村——マルネ村は地獄と化していた。

燃え盛る炎は家屋のみならずこの村で暮らしていた人たちをも焼き尽くしていく。

だがロイドはもう助からない彼らには目を向けず、この地獄の中で動くものを探して村の中を駆けていた。

「！　なんだ……？」

突然前方から爆音と共に瓦礫が空高く吹き飛んだ。

この村を襲った魔人の仕業かと警戒したが、感じる瘴素の濃度からそれはないと否定する。

前方から放たれる不安定な瘴素、この感覚は——。

「うぁぁあああああああっッ!!!!」

一つの仮定に辿り着いたその瞬間、吹き飛んだ瓦礫によって生じた土煙の中から男の叫び声が放たれた。

「くそっ、やっぱりか……ッ」

最悪の、少なくともロイドにとっては一番望まない展開。

土煙がおさまり、視界が晴れる。

そしてそこには——瘴素を体から放ちながら苦しみ喘ぐマルネ村の村人の姿があった。

「つぁ、ぁぁあああああッ!!」

声にならない叫び声を上げ、内側から湧き上がるソレを抑え込もうとする村人。

だがその意思に反して瘴素は増し、そしてその影響で体が変化を始めた。

異音と共に肉体が巨大化し、肌が黒く染まり始める。

瘴素が遺伝子そのものを破壊し、強化しているのだ。

これまでも、ロイドはこの光景を目にしてきた。

魔人に襲われ、普段は浴びることのない量の瘴素を浴びた人間は稀に魔獣化してしまう。

今まさに目の前で起こっているのがそれだ。

体内の魔力を上回る瘴素によって体が支配され、理性が破壊され、人としての尊厳が失われる。

記憶は掻き消え、ただ破壊という衝動が残された化け物に変貌する。

ひとたび魔獣となってしまえば、救う術はない。

少なくとも今のロイドには。

「……っ、おい、あんた！　俺の声が聞こえるか！」

それでも魔獣化の一途を辿る男に向かって声をかけたのは、目の前の怪物がもう人間ではないと確認することで罪の意識から逃れるためか。

男は瘴素に意識を飲み込まれながらもロイドの声に反応する。

すでにその双眸(そうぼう)には狂気を宿し、口角は歪んでいる。

そして――、

「――ッ、《防護(サンク)》！」

突然男が瓦礫の山から消える。

瘴素によって強化された膂力を生かしてロイドに向けて突進してきたのだ。

それを予測していたかのように、ロイドは突き出された右腕を防ぐべく迫りくる男に向けて右手を突き出し、魔法を発動する。

展開された魔法陣は男——否、魔獣の攻撃を容易くはじき返した。

今の攻防だけで両者の実力差は歴然だ。

それでも、撤退という考えを失ってしまった破壊の獣は再び突撃してくる。

「…………」

ロイドは悲痛な面持ちでそれを見つめる。

今度は防御の魔法を展開することはない。

その必要がない。

目の前の元村人が完全に魔獣と化してしまっていることが確認できた以上、守りに徹する理由などないのだから。

「——すぐ、楽にしてやる」

そう言いながら、ロイドは魔力を地面に巡らせる。

ロイドの立つ地面に巨大な魔法陣が浮かび上がると、次の瞬間には土の槍が地面から湧き出ていた。

数十本の土の槍はそのまま魔獣を貫く。

絶叫を上げながらその場に倒れ伏す魔獣。

それを見てロイドは魔法陣への魔力の供給をやめた。

すると、魔獣を貫いていた土の槍は崩れ去り、元の姿へと戻る。

その場に残ったのは全身に深い穴を穿たれ、倒れ伏した魔獣だけだ。

「――――」

ロイドはその魔獣を一瞥し、すぐさま立ち去ろうとする。

まだいるかもしれない生き残りを探さなければならないし、この災厄の元凶たる魔人を見つけ、倒さなければならない。

何より、いくら魔獣化したとはいえ人の命を奪ってしまった事実から逃げ出したかった。

そうして魔獣に背を向けたロイドに、声がかけられる。

「……賢者、様」

「――!?」

自分を呼び止めたのは、異形の怪物と化し、今まさにロイドの手によって葬られたはずの魔獣だった。

ロイドが振り返ると、魔獣が自分に手を伸ばしている。

「賢者様、どうか、私の頼みを……」

「おい、どうした！　しっかりしろ……！」

魔獣が発する言葉は確かに理性を伴っている。

嫌な汗がロイドの全身から噴き出る。

今手にかけた魔獣は、もしかしたらまだ人であったのではないか。

慌ててロイドは魔獣——男の傍へ駆け寄る。

変質した体を抱き起こすと、男は口から粘度の高い血を噴き出した。

「賢者様、お願いが……私の、娘を……」

「娘……？　向こうにあんたの娘がいるのか？」

男が指さした方に視線を送りながら問うと、男は小さく頷いた。

「どうか、娘を……お願い、します」

「……ああ、わかった。必ず助けてやる。それよりも今はあんただ！」

「——ありがとう、ございます」

「！　おい、大丈夫かッ！」

ロイドの返答に男は安堵したように口角を上げ、感謝の言葉を呟いて目を瞑る。

それきり、ロイドの問いかけに対する返答が彼の口から発せられることはなかった。

「——っぅ！　くそがぁッ！」

地面を強く叩き、暴言を叫ぶ。

この地獄を生み出した魔人と、何より自分自身への怒りが胸中から溢れ出る。

力を失った男の体がロイドの両腕に重く圧し掛かる。

動かなくなった男を見つめ、しかしすぐに彼が遺した言葉を思い出す。

ロイドはそっと男を地面に横たえ、立ち上がる。

そうして、すぐさま男と交わした約束を果たすべく走り出した。

2

「――それで、私を見つけたの？」

「ああ。アイラは覚えているかわからないが、ちょうど魔人がお前を殺そうとしていたその瞬間に俺は間に合った。魔人を倒した俺はマルネ村で唯一の生き残りであったお前を孤児院に預け、レティたちと共に再び世界を回り、魔王討伐を行った」

暗い夜空で星々が冷たい輝きを放つ。

月明りの下、ロイドはアイラの父親と邂逅した経緯を話し終え、大きく息を吐き出す。

「魔人を葬るために世界を回り、戦い続ける俺の傍にいるよりも、同じ境遇で同じ年代の者が多くいる孤児院に預けた方がアイラにとっても幸せだと思った。……まさか、その一年後に俺の家を訪ねてくるなんて予想だにしてなかったよ」

呆れたようにロイドは苦笑する。

それから更に笑みを深めた。

「最初は適当に追い返すつもりだった。俺の傍で魔法を学ぶよりも孤児院にいる方が幸せになるはずだと思っていたからな。……なのに、まさか賢者としての適性まであるなんてな。この時ばかりは運命ってやつの存在を信じたよ」

賢者としての適性。

誰もが魔法を扱う賢者になれるわけではない。

そこには先天的な資質――すなわち、魔素を認識する力が必要である。

幸か不幸かアイラにはそれが備わっていた。

「まあそれでも、何かと理由をつけて追い返すことはできたかもしれない。だけど、俺にはそれができなかった」

「……どうして？」

アイラが震える声で聞いてくる。

それに対する答えはロイドの中で決まり切っていた。

だが彼女の問いに答えることなく、ロイドは小さく微笑みながら真摯（しんし）な眼差しを向ける。

「――アイラ、この魔人が言った通り俺はお前の父親を殺した」

「――――」

「もしかすればまだ救えたかもしれなかった。でも俺は、戦いに身を投じ続ける中で、切り捨てることを選ぶことに慣れてしまった。その結果が聞いての通りだ。僅かでも理性を宿していたお前の父親を、……俺はこの手で殺した」

ロイドが告げる真実を、アイラは息をのんで聞く。

彼女の顔から眼をそらさずにロイドは言葉を続ける。

「お前が俺を恨んでも仕方のないことだと思っている。アイラには、その権利がある。……お前が俺を殺したいというのなら、俺は何も抵抗しない。……今まで黙っていて悪かった」
ロイドがそこまで言うと、アイラは肩を震わせながら俯く。
ロイドからは彼女の表情をうかがい知ることができない。
だが、彼女の顔から月明りを反射しながら一滴の涙が流れ落ちたのだけは確認できた。
暫く黙ったまま口を開かないアイラを、ロイドは急かすことなく黙って見つめる。
今口にしたことは嘘ではない。
命への執着などない。
それこそ、彼女に殺されるのならばそれはそれでかまわない。
あるいはそれが自分にとっての救いになるやもしれない。
(……なんてのは、結局自分勝手な考えだよな)
一度アイラから夜空へと視線を移す。
満天の星が広がっている。
耳を澄ませば虫の鳴き声が鼓膜を震わせる。
状況が状況であれば心地良いと感じるそれらも、今は空虚なものでしかない。
この場にあるものすべてがロイドの中に寂しさを持ち込んでくる。
「……一つ、聞いてもいい？」
そうして意識を周囲に向けていると、突然アイラがその口を開いた。
声はやはり震えている。

その奥に抱かれたものは怒りか悲しみか、少なくとも彼女の表情が見えないロイドにはわからない。

「なんだ?」

「今のロイドが三年前のあの時、あの場所にいたら、私のお父さんを助けることができた?」

「――ッ」

顔を上げてこちらを見上げるアイラの瞳は涙に揺れている。

気を抜けば泣き出してしまいそうな表情で、アイラはロイドを見つめてそう問うてきた。

彼女がどういう答えを求めているのか、ロイドには読めない。

しかし彼女の意図がどうあれ、ロイドには関係ない。

今の彼に要求されていることはアイラの意図を読み、都合のいい返答をすることではない。

ありのままの真実を、誠実に答えることだけだ。

もし、今の自分が三年前マルネ村にいたなら――。

先ほど、魔人の陰謀により魔獣化してしまった村人たちを治療した時のことを思い出す。

アイラの父親を殺してしまったことを悔やみ、そしてその他諸々の理由から始めた研究の成果。

それが成功という結果に終わった以上、ロイドの答えは一つだ。

「――ああ、助けることができた。もしお前の父親が完全に魔獣化していたとしても、今の俺ならそれさえも救うことができたであろう自信がある」

悪びれるでもなく、ロイドは毅然と言い放つ。

そこにはアイラへの気遣いなど一切ない。

残酷かもしれない事実を突きつける。

アイラはロイドの返事を受けて再度俯く。

そして両手で目を拭うと、笑顔を浮かべながら言い放つ。

「良かった。ロイドが三年前と変わらないでいたなら、それこそお父さんの死が無駄になっちゃうもの。ロイドはロイドなりに、この三年間戦い続けてきたんでしょ？」

「――、俺を許してくれるのか？」

「許すも何も、私がロイドを恨む理由なんてないわ。ロイドは私の命の恩人なんだから。それに、お父さんのことだって、ロイドは魔獣化したお父さんを助けてくれた。お父さんだって、ロイドにありがとうって言ったんでしょ？」

「それは、そうだが……だが俺は、助けられたかもしれない選択を早々に切り捨てた」

「もしかしたらの話は意味がないって、ロイドいっつも言ってるじゃない。魔法も何もかも、結果がすべてだって。もしロイドがあの時お父さんを助けようとしていたら私は魔人に殺されていたかもしれない。そうでしょ？」

「――――」

アイラの言葉に、ロイドは今度こそ言葉を失った。

確かに彼女の言うとおりだ。

もしあの時、今の自分の技術があったとして魔獣化してしまったアイラの父親を助けようと治療を試みていたなら、その間にアイラは魔人の手によって殺されていた。

そうして残された父親は、ロイドのことを恨んだかもしれない。

——結果がすべて。

魔法によって世界の事象に介入し、結果を改変する賢者にとってそれは何よりも重要な考え方だ。

自分の弟子であるアイラに魔法を教える際にもロイドは確かに何度もそのことを言い聞かせた。

「それに、ロイドは私の味方なんでしょ？」

「……ああ、そうだ。俺はお前の師匠だからな」

その答えに満足げに微笑むアイラの表情にはやはり無理が感じられた。

当然だ。今の話を聞いてそうすぐに気持ちの整理ができるはずがない。

「——アイラ、さっきの質問の答えだけどな」

先ほどの質問。何故ロイドはアイラを追い返さなかったのか。その理由。

「お前の父親に頼まれたからな。娘をお願いしますって」

「……っ」

ロイドの言葉にアイラは零れ落ちそうになった何かを必死に押し殺し、歪む視界でロイドを見つめる。

少し悩んでからロイドはアイラに歩み寄り、彼女の頭に手を乗せる。

「俺はお前のことを弟子、師匠以前に家族のように思っている。俺が死ぬその時まで、お前の面倒は責任を持って見続ける。それだけは誓って本当だ」

「……ずるい、そんなこと言われたら恨むに恨めないじゃない……」

瞬間、滂沱の涙を流しながらその場に崩れ落ちるアイラ。

やはり彼女の中にもロイドを僅かでも恨む心はあったらしい。

しかしそれは、今のロイドの言葉で完全に消え去る。

静かにその場に跪いたロイドに視線を送りながらアイラは言葉を放つ。

「ロイド、やっぱり私にはロイドを恨めない。……何より、ロイドから教わったこの魔法で人を傷つけることなんてしたくないっ。私は、誰かを助けるために魔法を学ぶって決めたから……！」

「……ああ、そうだな」

「だから、ロイドッ。私はロイドを恨まない。だからロイドも自分を責めたりしないで……ッ」

アイラの言葉にロイドは固まる。

恨まれても、罵声を浴びせられても仕方がないと思っていた。

あるいはそれが当然だとも。

なのにアイラはこの期に及んでも自分が魔法を学ぶと決めた時のことを忘れず、その信条を歪めなかった。

どころか、自分のことを許してきた。

「……これじゃ、どっちが弟子かわからねえな」

ロイドの呟きはアイラの泣きじゃくる声に掻き消される。

生意気で、ただ交わした約束を果たすためだけに引き取った弟子。

だが、彼女は賢者になるに相応しいのではないかとロイドは思った。

今一度アイラの頭の上に手を添えて、ロイドは泣きじゃくる彼女を正面から見つめて言い放った。

「――絶対に、お前の面倒は最期まで見続ける。絶対に」

3

ロイドたちが草原で魔人と対峙してから一週間。

グランデ村は落ち着きを取り戻し始めていた。

そこかしこに転がっていた家屋の残骸は撤去され、新しい家屋が建設され始めているといった感じだ。

「ロイドー、お客様よ、下りてきて」

階下から自分を呼ぶ声でロイドは目を開ける。

既に陽は傾き始めている。

眠気はなかったが、昼頃に目覚めてからロイドはそのままベッドに横になっていたのだ。

アイラの声色は元通り、彼女の父親に関することをすべて話したあの日から二人の関係は師弟のそれに戻っていた。

無論、何もかもが今までと同じというわけではない。

時々あの時の会話を思い出し、気恥ずかしくなりもする。

だが、それぞれの内に溜まっていた不安や葛藤の一切が消え去った。

ロイドにとっては、三年間背負い続けた罪の意識から解放されたのだ。

だからだろうか、最近肩が軽いような気がする。

「もっと早くに話せばよかったのかもな……」

ベッドから降り、手近に置いてあったローブを羽織りながらロイドは小さく笑う。

何も、これで自分の過ちのすべてがなくなるとは思っていない。

自分の未熟さが彼女の父親の命を奪ってしまったのだという事実から目を背けるつもりはない。

たとえ結果がすべてであったとしても、いや、そうであるからこそこの結果は受け入れなければならない。

「ロイドー？」

「もう少し待ってろ」

中々下りてこないロイドに痺れを切らしたのか、再びアイラの声が一階から聞こえてくる。

それに返事しながら、ロイドは杖を手に取り部屋を出た。

◆
◆

「――って、なんだお前らか」

今度はどこの国のお偉いさんが訪れたのかと呆れ交じりに一階へ下り、応接間に顔を出したロイドは、そこにいた人物たちを見て拍子抜けといった様子でため息を吐いた。

ソファに座っていたのは先日ロイドが魔獣化から救った五人――グランデ村の自警団員たちだ。

彼らはロイドが現れると弾かれたように立ち上がり、申し訳なさそうに頭を下げた。

「ロイド様、先日はご迷惑をおかけしました」

「なんだ、そんなことをわざわざ言いに来たのか？」

一週間が経ち、ようやく外出の許可がおりたのだろう。

真っ先にロイドの家を訪れた五人にロイドは肩を竦めた。

自分たちの命を救ったその行動をそんなことと評され、五人は当然それに反論する。

「そんなことって、ロイド様がなした功績は人類にとっての希望なのですよ⁉」

「それに、我々はあなた様がいなければ家族を、知人を、皆をこの手で殺していた。……その地獄のような未来を消し去ってくださったのは、他でもないロイド様なのです！」

だから、こうして感謝と謝罪をしに現れたのだと五人は主張する。

事実、ロイドの功績は彼らが言った通り人類にとっての希望となりうる。

魔人の手によって魔獣化してしまった人を元に戻した。

その事実は、これまで人類が辿ってきた歴史を覆す。

魔獣化してしまった人を救うことができるのだ。

そのことが持つ意味は計り知れない。

ロイドは五人の熱い眼差しに気圧されながらも頭を振る。

「俺がお前たちを治療したのは俺の理論が正しいと証明するためだ。感謝されるほどのことでもない。……それに俺以外の賢者が、同じように魔獣化した人間を元通りにできるわけじゃない。まだこの技術は汎用化するに至ってないんだから、お前たちの言う希望にはなり得ない」

「だとしてもです！　今まで不可能だったことが可能になった、これが持つ意味は大きい！」

ロイドの言葉に男は興奮気味に反論する。

今まで諦めるしかなかった命を救うことができる。

そこに希望を見出す彼らの気持ちは、ロイドにも強く理解できた。

だから、それ以上反論はしなかった。

ロイドが反論をやめると、男たちは冷静になったのか一瞬の間をおいて表情を暗くする。

そして、ロイドに向けて深く頭を下げた。

「すみません、ロイド様。今回は、とんでもない失態を。……瘴素の混入した魔力水を飲んでしまうなど、あってはならないことです」

「お前たちが気に病むことじゃない。そもそも魔力を回復させるはずの魔力水に瘴素が入っているなんて普通は考えない。何より、たとえ警戒していたとしてもお前たちでは多分見抜けなかった」

「――ッ」

ロイドに辛辣（しんらつ）な事実を突きつけられた男たちは、悔しそうに奥歯をかみしめる。

己の実力不足を彼らはロイドに言われずとも痛感していたのだろう。

「ま、これに懲りて今度からは安いからって怪しいものに手を出さないことだな。きちんと身分や立場が保証された行商人たちから買えばいい」

「……はい」

ロイドの言葉に男たちは頷き、そして再度頭を下げた。

彼らは本当に、ロイドに対して感謝と謝罪をするためだけに訪れたらしい。

それらを終えた五人はロイドの家を去った。

「……ま、自責の念に駆られるのも仕方がないか」

五人が出ていった後、ロイドは応接間のソファに寝転がり、天井を見上げながら呟く。

自警団に志願するほどだ、彼らの正義感は人一倍強いだろう。

にもかかわらず、自分たちの手でグランデ村を危機に陥らせてしまった。

魔獣化して暴れていた時の記憶も微かには残っているだろう。

村人たちの悲鳴も当然聞こえていたはずだ。

今回のことを受けて、五人が今後どうするかはロイドのあずかり知らないところだ。

自警団を抜けるか、あるいは更に己を磨き、強くなり、今度こそ守りたいものを守ろうと足掻(あが)くか。

後者であって欲しいと、ロイドは思う。

「そういえば、気になったことがあるんだけど」

「ん？　どうした、急に」

ぼんやりと考え事をしていたロイドの思考にアイラの声が割って入ってきた。

対面のソファに座る彼女に視線を向ける。

「ロイドが作った魔力水をあの人たちにあげればいいんじゃないの？」

「……いや、それはできないな」

「どうして？　ロイドの魔力水ならそれこそ瘴素が混じっているなんて心配する必要ないじゃない。あ、タダで上げるのが嫌なの？」

「俺はそんなに金にがめつくねえよ。ったく、俺をなんだと思ってんだ、守銭奴じゃねえんだぞ」

ロイドが文句を連ねるとアイラは苦笑いを浮かべる。

無論、彼女とてわかっている。

ロイドが目先の利益よりも他者の安全を優先することは。

しかし、だからこそわからない。

そんなロイドだからこそ五人に自分で作った魔力水を分け与えると思っていたのだ。

「……ま、俺にも色々事情があるんだよ、事情が」

「……？」

ロイドは視線を天井に向けながら呟く。

その意味が理解できず、アイラは首を傾げた。

「それにしても今回のことって凄い怖いわよね」

「なんだよ、今更」

「だってそうでしょ？　瘴素が混入した魔力水を飲み続けたら世界樹（オルビス）に守られているこの辺でも魔

獣化してしまうんだから」

「…………」

アイラの指摘に、ロイドは神妙な面持ちになる。

自警団の面々は皆ロイドの功績を褒めたたえていたが、重きを置くべきはそこではない。

瘴素が混ぜられた魔力水を飲み続けた者が魔獣化した、その事実こそ問題なのだ。

そして、これを為したのが魔人ということが一層今回の事態の深刻さを強める。

もし魔人が他の場所でも同様のことをしていたら、それこそ防ぎようがない。

その一帯は魔獣化した人たちに滅ぼされ、たとえ世界樹の加護を受ける土地であっても、そこは魔人によって支配されるだろう。

「魔力水、か……」

何か手を打たないといけない。

そう思いながら、ロイドは小さく呟いた。

エピローグ

アイデル王国――王都。

夜中だというのに灯りの消えない栄えた街の中心に聳え立つ王城の一室で書類仕事に没頭していたアイデル王国現国王、ベルトラム・フォン・アイデルは、突然扉がノックされて顔を上げた。

「どうした」

扉の向こうから名乗ったのが自分の側近であることを確認したベルトラムは、右手に持っていた印判を机の上に置く。

ベルトラムの問いに、側近は「至急、お目通しいただきたい件が」とだけ返してきた。

側近との付き合いは長い。

だから、彼がこんな時間に私室に現れる時は大抵火急の用であることも知っている。

「……入れ」

机の上に散乱した書類を片付けてから、ベルトラムは側近を呼び寄せる。

ゆっくりと扉が開かれ、慇懃な物腰で側近が室内に入ってきた。

「夜分遅くに失礼いたします」

「よい。して、何用だ。貴公のことだ、よほどのことが起きたのだろう？」

側近は頷くと共に彼の机の前へと歩み寄り、そして懐から一通の書状を取り出した。

「先ほど、グランデ村の村長からこのような書状を受け取りました」

「グランデ村……？　まさか、ロイド殿が何か！」

各村や町の長は定期的に、あるいは何か異変が起きた時などはそれを報告する義務が課されている。

無論、国王は多忙故に一村長とわざわざ謁見の場を設けることはなく、持参した書状を王城に提出するだけに留まる。

とはいえ、辺境の村の村長が書状を提出しただけのことで側近がここまで報告を急ぐのもおかしな話だ。

ベルトラムは顔を顰めたが、しかしすぐにグランデ村には大賢者の一人であるロイド・テルフォードが暮らしていることを思い出し、彼に関することなのかと身を乗り出した。

なるほど、彼に関することであるのならば、報告を急ぐのも納得がいく。

大賢者という人材の確保は各国の急務であり、早い者勝ちだ。

世界に三人しかいない大賢者を獲得するのは、それだけ競争率が高い。

そのうちの一人であるロイドを引き込めるとあれば、国際社会においてそれだけ有利に事を進めることができる。

そうでなくても、他の賢者の追随を許さない圧倒的な力は純粋な戦力としても有用だ。

これまで何度も使者を送ったが、にべもなく断られてしまった。

しかし、何か心変わりがあったのかもしれない。

その書状が、ロイドがアイデル王国の爵位を得たがっているものであろうかと、ある種の願望を抱く。

だが、側近は静かに首を横に振ると、そっと書状を差し出してきた。

訝しみながら受け取るベルトラムに、側近は囁く。

「事によっては、ロイド殿が叙爵を受けてくださることよりも遙かに大きな問題かと」

「――――」

側近の言葉に、ベルトラムは思わず唖然とした。

大賢者が臣下になること以上に重要なことが、少なくとも辺境の村で起きうるはずがないと思っていたからだ。

とはいえ、この真面目な側近が冗談を言うわけもない。

ベルトラムは意識を切り替えて、真剣な面持ちで封を開き、書状を取り出す。

「…………」

部屋に訪れる沈黙。

ベルトラムが書状に目を通している間、側近は微動だにしない。

やがてベルトラムの表情が、徐々に険しくなっていく。

そして、読み終えたベルトラムは顔を上げて鋭い視線を側近に向けた。

「……貴公も、これを読んだのか」

「はい。それが私の仕事ですから」

大きな街ならばいざ知らず、小さな辺境の村から送られてくる書状すべてに目を通すことは、多忙の身にある国王には到底不可能だ。

そのため側近が前もって目を通し、重要度によって国王に直接見せるかどうかを選別しているのだ。

側近の返答にベルトラムは「そうであるな」とひどく疲れたように息を吐き出すと、背もたれに体重をかける。

「貴公は、これが真実であると思うか」

「たかだか辺境の村の長がこのような虚言を弄する必要性を、私は見出すことができません」

「そうだな。……すまぬ、これが真実であると思いたくなかっただけだ。つまらないことを言った」

「いえ、心中お察しいたします」

側近もまた同様のことを思っていたのか、神妙な面持ちでそう返す。

その反応にベルトラムはふっと小さく笑んでから、即座に表情を引き締め直した。

「さて、魔人が出現したことも問題ではあるが、何よりもただの人間が人為的に魔獣化するなど……これが事実であるのならば我が王国にとって、いや、我々人類にとって由々しき事態であるぞ」

「その通りでございます。つきましては、今後の方針について陛下にご裁可(さいか)を仰ぎたく、夜分遅くに参上した次第です」

「方針？　貴公には何か考えがあると」

「はい。ここはやはり、今回の事案の当事者でもあるロイド殿に登城していただき、事態の詳細な説明と今後どうするべきかの方策を提案していただくべきかと愚考いたします。特に、魔力水関連の対応は一歩間違えれば最悪の事態になりかねませんから」

「なるほど、ロイド殿の知恵を借りるわけか。確かに、特に魔法関係のことでは大賢者に並ぶ者はいない。しかし……」

側近の提案は最も合理的で素晴らしいものではある。

だが、と。ベルトラムは一つの懸念と共に顔を顰める。

「果たして、ロイド殿は登城に応じてくれるだろうか」

これまで叙爵の話を持ちかけるために接触した使者の話によると、ロイドが国と関わりを持つことを毛嫌いしている様子があるということはベルトラムも認識している。

そんな彼がわざわざ王城に来るとは思えない。

しかし、側近は首を横に振ることでその懸念を否定する。

「ロイド殿は、今は辺境の村で隠遁(いんとん)生活を送っているとはいえ、元は魔王討伐に尽力された方です。であれば、人類の危機を前にして私情でそれを拒むような真似はされないと想いますが」

「……確かにな。貴公の言う通りだ。彼は魔王を討伐した大賢者の一人、民草(たみくさ)を想う気持ちは誰よりも強いはずであるな」

ベルトラムは一度瞑目する。

魔界樹(ディアボロス)によって呪われた大陸、ディアクトロ大陸。

そこにたった四人で乗り込み、魔王を討伐してみせたその偉業。

それほどのことを成し遂げてみせた男が、まさか今更私情を優先するわけがない。

側近の意見に納得したベルトラムは目を開く。

「貴公の意見を採用しよう。直ちにロイド殿に王城への登城を要請する」

「――はっ。……つきましては、陛下。今回の事態へ注力することも重要ではありますが、この機会を利用しない手はありません。ロイド殿が登城された際には、是非とも我が国への勧誘をお忘れなきよう」

「……わかっている。ただしあくまでも今回の目的はそこにはない」

「理解しております。それでは、私は使者を手配して参ります」

深く頭を下げて、側近は部屋を後にした。

誰もいなくなった部屋で、ベルトラムは一つ大きく息を吐き、それから椅子の背に全身を預けて脱力した。

今日の職務は、これ以上できそうになかった。

◆　◆

「一体どういうことだ!!」

王城に仕える賢者の証である白いフードを被った青年の激昂が、狭くない室内を駆け巡る。

彼の名は、カラム・テイラー。

賢者のみで構成されたアイデル王国が誇る親衛隊の、その筆頭賢者だ。

彼と同様に白いフードを被った一人の青年が前に出て、カラムの問いに答える。

「はっ。調べによりますと、グランデ村――辺境の村に魔人が現れ、その村で暮らしていたロイド・テルフォードが魔人討伐を行ったようで。今回、彼を呼び寄せるのはそれに関係するものと予想されます」

「……何故よりにもよって奴がいる村に魔人が現れるッ。私の前に現れていれば、その功績を得られたというのに！」

悔しそうに強く拳を握るカラムに、青年は「いかがされますか」と問う。

「陛下があの臆病者を呼び寄せると決めてしまった以上、我々が今更どうこうできることでもない。ひとまずは大人しくしておくしかないだろう」

カラムはそう告げると青年に背を向けて部屋を出る。

広く長い廊下を勢いよく進みながら、苛立ちに満ちた形相で拳を握った。

「そのまま大人しくしておけばいいものを、今更しゃしゃり出てきやがって。――王国随一の賢者は、この私だッ！」

◆　◆

ただの人が一度足を踏み入れれば、たちどころに魔獣と化してしまう呪われた大陸——ディアクトロ大陸。

この大陸に瘴素(のろい)を振りまく魔界樹(ディアボロス)のすぐ傍に、至る所が砕け、崩れ落ちている城がある。

かつては豪華絢爛(けんらん)を誇っていたその城も、今は見る影もない。

大賢者と魔王による苛烈な戦闘の果てに、破壊されたのだ。

ともすれば廃墟とさえ見えるその城の最上階。

外装同様に中も瓦礫が散乱している有様で、あったはずの大きな窓はなく、代わりに吹き抜けの大きな穴ができている。

その室内の中央に、七つの椅子に囲まれた円卓が置かれている。

刺々しい装飾がなされたその椅子は、うち三つが埋まっていた。

その椅子に座る一つの影が、口を開いた。

「例の実験はどうなった」

その声はひどく低かった。

この広い部屋を、重々しい響きを持って駆け巡る。

その問いに、別の影が答える。

「概(おおむ)ね満足いく結果が得られた。忌々しい世界樹(オルビス)の近くでありながら、魔獣を生み出すことに成功したとも。……が」

「どうした」

自分たちにとって嬉しい報告に残る二つの影は静かに聞いていたが、その報告が歯切れ悪く止まったことに疑問を投げる。

影は、躊躇いがちに続けた。

「どうやら、思わぬ障害が入ったらしい。念のために送り込んでいた竜もろとも殺られた」

「まさかッ、アドリアンが⁉」

「あり得るか！　俺たちに及ばないとはいえ、奴も大戦を生き延びた猛者だ。それが辺境の村での任務中に殺られるなど……！」

動揺が走る。

アドリアン——グランデ村にて実験を行っていた魔人は残存する魔族の中でも相当力を持つ者だった。

だからこそ彼に重要な実験の進行を任せた。

そんな彼が、前線——オルレアン大陸とディアクトロ大陸を隔てるテルミヌス海峡でならばいざ知らず、遠く離れた辺境の地にいるような存在に倒されることが信じられなかった。

だが、影から次いで発せられた事実に、残る二つの影は納得する。

「——大賢者だ。大賢者がいた」

瞬間、もの凄い殺気が二つの影から放たれる。

魔族の大賢者に対する怒り。

自分たちが忠誠を誓った魔王を殺した、忌むべき宿敵。

「落ち着け。奴らも今は仮初(かりそ)めの安寧に身をゆだね、腐敗しきっている。大賢者ともあろう者が辺境の地にのさばっていることが何よりの証左だ。……むしろ、我々にとっては好都合ではないか」

いつの間にか椅子を蹴飛ばすようにして立ち上がっていた二つの影は、その事実に落ち着きを取り戻し、ゆっくりと腰を下ろす。

それを確認してから、影はニヤリと口角を歪める。

「奴らには、せいぜい油断しきってもらおうではないか。後戻りできないまでに平和ボケした時にこそ、我らの新時代が幕を開ける。そのためにも、計画を急がなければ」

影が立ち上がり、残る二つの影もそれに追従する。

ゆったりとした動作で瓦礫を避けながら部屋の奥へと向かう。

階段状の段差の上に、一層豪華な装飾が施された椅子がある。

かつて大賢者に討伐される前まで魔王が座していた玉座だ。

その椅子に、今は壮年の女性が四肢を玉座に拘束されて座している。

見たところ、その女性に意識はないようだ。ぐったりとしている。

三つの影は玉座の袂で膝をつき、それを仰ぐと、誰からともなく叫ぶ。


「――魔界樹の加護の下に！　我らが王の加護の下に！」

影の叫びに呼応して、この城の袂に集った魔族の残党たちが、遅れて勝鬨(かちどき)のような咆哮を大陸全土に響き渡る勢いで上げた。

番外編　アイラの一日

「んー……」

まだ遠くの山から太陽がその姿を僅かに覗かせている時分。

小鳥のさえずりよりも早くに目を覚ましたアイラは、ベッドの上で上体を起こしながら軽く伸びをした。

乱れた髪を軽く整えて、そっと静かに部屋を出る。

ロイドを起こさないようにして庭に出たアイラは、両手で頬をぱんッと叩いた。

「よしっ！」

気合いを入れる声を一つ呟く。

それからふーっと大きく息を吐き出した。

ゆらりと、アイラの体から陽炎のように魔力が滲み出す。

真剣な面持ちで滲み出した魔力を体の前に集める。

集約した魔力は徐々にその濃度を増し、確かな輝きを放ち始める。

白く光る魔力。

普通に魔法を発動する際はこの動作を高速で行い、一瞬のうちに魔法陣として術式を展開する。

しかしここは村の中だ。魔法を放つわけにもいかない。

だから、こうして魔力を体内から放出し、そして籠める魔力量を調整する鍛錬を行っているのだ。

「──ふぅ」

少しして、アイラの前面に集約していた魔力の塊が宙に霧散した。

アイラは大きく息を吐き出すと、悩ましげな表情で虚空に飛び散った魔力を見つめる。

「やっぱり、ロイドみたいにはいかないわね……」

ロイド、自分の師のことを思い浮かべる。

彼の魔力操作は大賢者と称されるだけあって完璧なもので、彼が魔法を扱う時に溢れ出る魔力の質は今の自分を遙かに凌ぐ。

こうして魔法の発動ではなく魔力の質を重視している時と比べても、だ。

彼女がどうしてこんなに朝早く鍛錬を行っているのかと言えば、それはこっそり魔法の練習をして腕を上げることで、ロイドをびっくりさせようという算段によるものだ。

幸か不幸か朝の間、ロイドは自室で爆睡している。

彼が眠っている間アイラは手持ちぶさたになるので、この鍛錬はいい気晴らしになる。

「……っと、そろそろ終わらないと」

いつの間にか朝日が完全にその姿を見せ、小鳥が合唱を始めている。

魔力を使ったことで微妙に重たい体に活を入れて、アイラは家に戻った。

◆　◆

「ロイドー、起きてる？」

コンコンとロイドの部屋の扉をノックする。

返事はない。やはりまだ眠っているらしい。

彼が朝に起きていること自体が珍しくこの結果はわかりきってはいたことなので、ここは素直にこのまま寝かせておくことにする。

どうせ今日も昼過ぎまで眠っているのだろうなと、師匠のだらしなさにため息を零しながらキッチンへと向かう。

そしてそのまま自分の朝食を作り始めた。

ロイドとの共同生活が始まってからというもの、家事の大半はアイラが担っている。

そのおかげで料理の腕も中々のものだ。

手慣れた動きで朝食を用意したアイラは、食堂のテーブルの上に並べる。

そして一人、黙々と食べ始めた。

淡々と、機械のように食事を進める。

アイラは、朝のこの時間が嫌いだ。

ロイドが上で眠っていることはわかっているけれど、なんだか自分一人しかいないような感覚に襲われるのだ。

「……ッ」

アイラの脳裏に、あの日の光景が過る。

一瞬の間で何もかもが奪われた、あの日の光景が。

自然、フォークを握る手に力が入る。

だが、すぐに頭をブンブンと振って蘇りかけたその記憶を隅っこの方に追いやった。

黙々と朝食をとりおえたアイラは食器を片付けると続いて家の中の掃除に取りかかる。

使い慣れた箒で廊下を掃いた後、濡れた雑巾をかける。

廊下の掃除を終えると次にリビング、食堂、風呂場、それぞれの部屋を同様の工程で片付ける。

その時に纏めておいた汚れ物を洗濯して庭に干している間に、陽も随分高い位置まで昇っていた。

キッチンに戻ろうと家の中に入ったアイラは、ふと地下へと続く階段に視線が行った。

基本的に家の中のことはすべてアイラに任せられている。

今はロイドが眠っているからしなかったが、彼の部屋の掃除もアイラがよくしている。

だけど、唯一地下にある工房だけは、ロイドの同伴なしに入ってはいけないと何度も忠告された。

理屈が理解できないわけではない。

賢者にとって工房は秘密に満ちているものだ。

新たな魔法の開発や、魔法の錬成など、他者に秘匿すべき情報が工房には隠されている。

一般の、普通の賢者ならば人が入ることを忌避する。

だが、ロイドは普通ではない。

毎日をダラダラ過ごし、魔法の研究に日々を費やしてなどいない彼に秘匿すべき情報があるとも思えない。

だからといって、勝手にこっそり入ってやろうとは思わない。

工房自体にはロイドと共に何度も入ったことがあるし、その時に特に目新しいものがないことは知っている。

せいぜい紙の束が所狭しと積み上げられている程度だ。

小さく息を吐き出してから、アイラはキッチンへと向かう。

既に意識は工房から午後の修行のことへと切り替わっていた。

◆
◆

「――よしっ」

両頬を叩いて気合いを入れる。

そして、ロイドの部屋の扉をコンコンとノックした。

「ロイドー、もうお昼よー。ご飯もできてるんだから、早く起きなさいよ」

部屋の主を呼び立てる。

既に時刻は正午を過ぎている。

寝坊、の段階を遙かに超えている。

家の中の掃除を終え、昼食を用意したアイラはいつものようにロイドを起こすべく彼の部屋の前まで来た。

しかし、これもまたいつものように中からの返事はない。

諦めたように小さくため息を吐くと、「入るわよー」と声をかけながら扉を開けて部屋の中へと入る。

部屋の奥、窓際のベッドの上ではロイドが目覚める様子もなく熟睡していた。

自分は朝早くから起きて家のことをしているというのに……と、どこからともなく怒りが湧き上がる。

とはいえ、一応この家に住まわせてもらっている立場なので家事をするのは当たり前なのかもしれないと思ってもいる。

「ロイドー」

枕元に歩み寄り、小さく声をかける。

それでも起きる気配がないので、更に声を大きくして何度も呼びかける。

ようやく、ロイドは僅かに身じろぎすると目を半分だけ開けてアイラの姿をとらえる。

だが、抗議するような視線をアイラに送ると、ロイドはそのまま布団を抱き寄せて再び穏やかな表情で眠りについた。

ワナワナと、アイラの両肩が震える。

直後、アイラの叫び声とロイドの悲鳴が家中に響き渡った。

◆
◆

「もう少し静かに起こすってことができねぇのか。まだ耳鳴りがしてるぞ」

「静かに起こしているのに、それでロイドが起きないのが悪いんでしょう。いつも言ってるけど」

食堂にて昼食をとりながら、ロイドの抗議をアイラは涼しい顔で受け流す。

それから、話をこの後の予定へと移す。

「今日は実戦形式で魔法を撃ち合うんでしょ？　そんな風にダラダラしてると、私に負けちゃうわよ」

そう。普段は現れた魔獣を倒したり、ロイドの指導の下魔法の練習をしているアイラだが、今日は違う。

なんと、今日はロイドと実戦形式で戦えるのだ。

これを聞いてから数日間、アイラはこの日を楽しみにしていた。

何せロイドが魔法を使うところはあまり目にすることができない。

今は自堕落な生活を送るロイドとはいえ、かつて自分の命を救ってくれた憧れの大賢者であることに変わりはない。

そしてそんな大賢者のようになりたいと思っているアイラにとって、彼と戦い、力の差がどれだけ縮まっているかを確かめることは大切なことだ。

にもかかわらず、こんな日までダラダラとされては調子が狂う。

アイラの挑発するような言葉に、ロイドは一瞬固まって目を丸くすると、プッと小さく吹き出した。

「な、何笑ってるのよ！」

「いや、お前が面白いことを言うからな。俺がお前に負ける？　ないない、絶対ないな」

「そ、そんなのやってみないとわからないじゃない」

「やらなくてもわかるっての。そりゃある程度のハンデは設けるぞ。ここはフェアに、お前が使える魔法しか俺は使わない。まあ要するに《迅雷（パラサン）》にほぼほぼ限定されるわけだ」

アイラの習得している魔法は《迅雷》以外にも多くあるが、しかしそれらはあくまでも初歩中の初歩の魔法。

戦闘で使えるような魔法と言えば、およそこの《迅雷》に限られる。

流石に大賢者として無数の魔法を習得しているロイドに勝てるとは思っていないが、使用する魔法が限定された状態であれば、もしかしたら……とは、思っている。

だが、ロイドはその考えを否定する。

「同じ魔法でも、術者によって威力は変わる。お前ならそれが何故かわかってるだろ？　朝早くから魔力操作の練習をしていたのなら」

「――ッ、き、気付いてたの？」

「当たり前だ、すぐ近くで魔力をバカみたいに垂れ流しやがって。おかげで俺は寝不足だ」

くぁっと欠伸をかみ殺しながらロイドは事もなげに言ってみせる。

魔力というのは、そんなに容易く知覚できるものではない。

まして寝ている状態で魔力を感知するなど。

普段は間の抜けたところがあるロイドだが、時折見せる超人的なところが、彼が大賢者であることを思い出させる。

（いつもそうならいいんだけど……）

常日頃から大賢者然としてくれれば、ロイドのことをバカにする者もいなくなるはずだ。

だというのに彼がいつまで経っても自堕落な生活を送るから、世間のロイドを見る目は厳しい。

そのことが、アイラは少しだけ悔しい。

「同じ魔法での戦いならなおのこと、魔力操作による力量差は顕著に出る。俺がお前の魔力操作に劣っていると本気で思っているのか？」

「そんなことは思ってないわよ。でも、一発ぐらい当てることができるかもしれないでしょ」

「……ま、やってみたらいいさ」

余裕の態度を崩さないロイドの物言いに、アイラは思わずムッとする。

そんな彼女の心情など気にせず、ロイドは続ける。

「後な、アイラ。さっきお前は俺にダラダラしていていいのかって言ったけどな、休める時に休んでおくのも大切なことなんだぞ。俺は無駄なことに魔力を使わないように休んでいたんだ。むしろお前こそいいのか？　変なところで魔力を使って、この後魔力切れを起こしても知らないぞ」

「だ、大丈夫よ。その辺りは私もちゃんと考えているわ」

ロイドの問いに僅かに声を上擦らせながら応じる。

一日の活動に支障を来さないように魔力の消費はある程度抑えてはいたものの、そこまで頭が回っていなかった。

自分の浅慮を恥じながら、同時にロイドはそこまで考えていたのかと感心する。

「……あれ？　でもロイドっていつもこの時間まで寝てるわよね。ということは、別に魔力消費なんて関係なかったんじゃ」

「いやぁ、今日も美味かったぞ、アイラ！　さて、俺はそろそろ出かける準備でもしてくるか」

「ちょ、ちょっと待ちなさいよ！」

思わず騙されるところだった。

わざとらしい笑顔を貼り付けてこの場を立ち去ろうとするロイドを、アイラは鋭い声音で呼び止めた。

◆◆

「この辺りでいいか。アイラ、少し手を出してみろ」

グランデ大森林に入ってから少しして、ロイドは不意に立ち止まると、アイラに手を出すように要求する。

一体何をするのだろうと不思議に思いながら、アイラは右手を突き出した。

「こ、こう……？」

「そのまま動くなよ」

ロイドは右手に持つ杖を突き出されたアイラの手の甲にそっと当てる。

すると、杖の先端から白い魔力が溢れだし、手の先からアイラの全身を覆う。

「な、なに⁉」

全身を膜のように覆うロイドの魔力に、アイラは思わず後ずさる。

そんなアイラに、ロイドは自身の手にも杖の先端を当てながら答える。

「これは同程度の魔力が籠もった攻撃なら、一発は防いでみせる防御結界みたいなものだ。実戦では耐久性が低すぎて碌に使えないが、模擬戦でこの手の魔法はよく使われる。今回はこの結界が剥がされた方が負け。怪我も防げるし、わかりやすいだろ？」

「こんなので本当に魔法を防げるの？　私にはどう見てもただの魔力にしか見えないんだけど」

「まあ、殆どただの魔力だ。対象に固定化する暗示が組み込まれているだけだからな。しかもその暗示も軟弱だから、他の魔力干渉があれば——つまりは何らかの魔法が接触した瞬間に、霧散する」

「なるほどね」

不思議そうに腕に纏わりつく白い魔力を眺める。

こうして見ても、改めてこの魔力が自分のものよりも遥かに洗練されたものであることがわかる。

「そうだな、わかりやすく使える魔法は《迅雷》だけにするか。真っ向からの打ち合いだな。一応怪我はしないと思うが、まあ何かあっても俺が治してやるよ」

「何よ、もう勝った気でいるわけ？　そんな風に油断して、弟子に負けても知らないわよ」

「お前もしつこいな。たかだか魔法を学び始めて数年のガキンチョに負けるわけないだろ。そういうことは、せめて一人前の賢者になってから言えっての」

弟子が師匠を超えることなんてそうそうねえよ、と手をヒラヒラと振るロイドに、アイラは唇を尖らせる。

彼の言っていることはもっともだし、自分がロイドに勝てるなんて思っていないが、それでも普段ダラダラしている人間にここまで舐められては少し腹が立つというものだ。

ふと、アイラの脳裏に妙案が浮かび上がる。

「ねえ、ロイド。そこまで自信があるなら賭けをしましょうよ」

「賭け？」

「そうよ。もし私が勝ったら、ロイドには一つ言うことを聞いてもらうわ！」

ビシッと指さしながら告げるアイラに、ロイドは「へぇ」と面白そうに口角を上げた。

「なるほどな。ちなみに俺に何をさせるつもりなんだ？」

「ロイドには、毎朝私と同じ時間に起きてもらうわ」

「……それはいくらなんでも厳しすぎないか」

「あら、ガキンチョには負けないんじゃなかったの？　別にいいのよ、ロイドが負けるのが怖いって言うのなら」

弱腰になったロイドに、アイラはしたり顔でたたみかける。

が、ロイドはすぐに表情に余裕を取り戻すと、「いいぜ、その条件で」と頷いた。

「本当!?　約束したからね！」

これでもし万が一にも勝利できたなら、ロイドを真っ当な人間にすることができる。

アイラは前のめりになりながらロイドに言質を取ったと詰め寄る。

すると、ロイドは大仰に頷くと、ニヤリと嫌な笑みを浮かべた。

「まあ、当然俺が勝ったらお前も何か一つ言うことを聞いてくれるんだろうな？」

「……え？」

「なんだその反応は。賭けって言うからには、当然俺にもメリットはあるんだろ？　……それとも、まさか負けるのが怖いのか？」

「……大人げないわよ」

「勝負に大人も子どももあるか。それでどうするんだ。やるのか、やらないのか。俺はどっちでもいいけどな」

逡巡するアイラ。

ロイドのことだ、自分が勝てばきっと碌でもないことを言ってくるに違いない。

けれど、ロイドの生活を正すいい機会だ。

もし勝つことができたら、ロイドを真人間に戻すことができる。

「やってやるわよ！　勝てばいいんでしょ、勝てば!!」

次の瞬間には、アイラは威勢のいい声でそう叫んでいた。

◆◆

「……ふぅ」

気を落ち着かせるために、大きく息を吐き出した。

少しの距離を取って、目の前には杖を手にしていないロイドが対峙している。

杖を持っていないアイラと公平にするために、今回ロイドは杖を使わない。

鍛錬の一環とはいえ、大賢者の一人であるロイドと戦うとあって、今更ながら緊張してきた。

つい先ほどまでは生意気な口を利いていたとはいえ、アイラは心の中できちんとロイドのことを尊敬している。

だからこそ、普段のロイドが許せないというのもあるのだが……。

「俺はいつでもいいぞ。好きなタイミングで始めてくれ」

少し真剣みを帯びたロイドの声に、アイラは頷く。

普段の、なんの制約もないロイドであれば万に一つも勝ち目はない。

しかし今、彼が使える魔法は《迅雷》のみ。

その上、勝利条件は先に相手に魔法を当てるだけだ。

どれだけ威力が低くても、魔法を当てることができれば勝ち。

これまで学んできたすべてを活かして、魔法を命中させることだけに集中する。

体内を巡る魔力の流れに意識を傾け、直後の行動を脳内でシミュレーションする。

「――《其は世界の理を示すもの、摂理を司り、万物を支配するもの》ッ」

魔法を発動するための詠唱を始める。

それは、すなわちこの戦いの始まりを意味する。

しかし眼前に佇むロイドは、アイラが詠唱を始めたにもかかわらず微動だにせずこちらを見つめてくるだけだ。

ハンデのつもりなのか。

確かに、詠唱破棄を習得していないアイラと習得しているロイドとでは魔法の発動にかける時間に決定的な差が生じる。

それでも、手加減をされていて気分がいいわけではない。

だが、少なくともこちらは真剣だ。

(負けたからって言い訳にしないでよね――ッ)

アイラはロイドにかまわず詠唱を続ける。

「《我は請う、理の内に在るものに、流動の理を》」

詠唱を終え、ロイドに向けて突き出されたアイラの手の先に白く光る魔法陣が浮かび上がる。

体内を巡る魔力が魔法陣へと流れ込み、世界を改変するための大きな力となって現れる。

狙いは過たず、ロイドの体に向けられている。

魔力も十分。

万に一つも外しはしないと確信を持って、アイラは力強く言い放つ。

「──《迅雷》ッ!!」

パリパリパリッと魔法陣が輝くと、直後そこから紫電が現れる。

さながら宙を駆ける竜のように、放たれた紫電は狙い通りロイドへと襲い掛かる。

だが、それが直撃する直前にロイドは紫電に向かって手をかざす。

刹那の間に魔法陣が現れ、そこから飛び出た紫電がアイラの紫電を完全に打ち消す。

どころかロイドの放った紫電はなおも消滅することなくアイラに襲い掛かった。

「嘘ッ!?」

思わず、驚きの声を上げる。

発動速度と威力自体も驚きだが、何よりも注目すべきなのはその精度。

超速で迫りくる魔法に寸分も狂うことなく魔法をぶつけてみせるなど、常人のなせる技ではない。

否、目の前の男は常人ではない。

念には念を入れて魔法を放った直後に、すぐさま詠唱を始めておいて良かった。

アイラは迫る紫電を、全身を滑らせるようにして回避しながら二撃目を放つ。

「《迅雷》ッ」

しかし初撃と違い体勢を崩した状態で放った紫電は、アイラの狙いをそれる。

結果として、ロイドは体勢を少しも変えることなく、悠然とアイラの方へ歩み寄りながら、再び

《迅雷》を放つ。

たった一瞬の攻防。

それだけなのに、圧倒的なまでの力の差を見せつけられてしまった。

（……完敗ね）

もう少しぐらい粘れるものだと思っていたけれど、どうあがこうが勝ち目はない。

魔力の放出をやめて、迫る紫電をその身に受けようと全身から力を抜く。

その瞬間、紫電の奥でこちらを挑発するような笑みを浮かべているロイドの顔が視界に映った。

「――――ッ」

……力量差はわかった。

予想していたよりも遥かに大きな差がそこにはある。

だけど、何故だろう。

ロイドのあの顔を見てもの凄く腹が立つ。

少なくとも、このまま大人しく負けてなんてやるもんかと思うぐらいには。

「ん？」

突然体に力を入れて紫電を回避し、背後の森へと駆け込むアイラに、ロイドは眉を寄せた。

そしてすぐにその意図を察し、嬉しそうにくくっと笑った。

◆　◆

「はぁ、はぁ、はぁっ、……ふぅ」

森の中へと逃げ込んだアイラは、少ししたところで立ち止まり、木の幹に背中を預けて荒くなった息を整えていた。

真正面から勝てないのだとしても、視界の悪いところでの戦いであればまだ勝ち目はある。

問題はロイドが追ってきてくれるかだ。

彼が追ってこなければ、自分の行動には意味はない。

不安に思ったのも束の間、今し方自分が来た方向から草を踏みしめる音が聞こえてきた。

「――ッ、来てるッ」

アイラは即座に木の陰に隠れて息を押し殺す。

普段のロイドであれば、索敵魔法を使われて即座に位置を特定されていただろう。

しかし今は、その索敵魔法は使えない。

であれば、奇襲を仕掛けることは十分可能だ。

（……！）

辺りをキョロキョロと見回しながら、ロイドが現れた。

やはり、こちらの存在には気付いていないらしい。

アイラは小さく詠唱を紡ぎ、魔法陣を手の先に浮かび上がらせる。

そして――、

「――《迅雷》!!」

今度は外すことなく、正確に背後からロイドの背中へ襲いかかる。

が、ロイドは背後を見ることなく躱してみせた。

「ッ！」

その技に驚き目を見開きながらも、焦りはしない。

死角からの攻撃も、ロイドならば躱してみせるはずだという確信があった。

だから、アイラが狙ったのはロイドではない。

紫電はロイドの背後にあった木にぶつかり、轟音を立てる。

そして、ミシミシミシという音と共に、《迅雷》を受けた木がロイドの方へと倒れだした。

倒れる速度自体は《迅雷》と比べると遙かに遅い。

難なく回避してみせるが、その回避先にアイラは魔法を放っていた。

「甘いな！」

だが、ロイドは地面に倒れ込んだ木の幹の裏側に回り込み、身をかがめる。

結果、アイラの放った魔法はまたしても木の幹に直撃した。

予想だにしなかった回避行動に、アイラは「嘘ッ!?」と驚きの声を上げる。

気付けば木の幹の陰から《迅雷》が放たれ、アイラの体に命中した。

「きゃぁっ!?」

反射的に叫び声を上げるが、痛みはない。

代わりに彼女の体に纏わりついていた魔力が宙に霧散した。

「勝負あり、だな」

地面にへたり込んだアイラは、ニヤリとした笑顔を浮かべて近付いてくるロイドを睨む。

「ロイドを狙った風に見せかけて実はその後ろの木を狙うっていうのは、完璧な作戦だと思ったのに……」

「悪くはなかったが、詰めが甘かったな。木を盾にされないように、もう少し距離を詰めておくべきだった」

「だって、ロイド私がいる場所に気付いていなかったじゃない。わざわざ姿を晒すのも危険でしょ？」

自分の行動は間違っていなかったと、確認するように問いを投げながらアイラは土埃を払って立ち上がる。

ロイドは小さくため息を零すと、「だから詰めが甘いんだよ」とそれに対する答えを話す。

「視界の悪い木々の中に逃げ込んで奇襲を試みたことまでは悪くなかったが、せめてもう少し魔力を抑えておくべきだったな。漏れ出した魔力がお前の位置を教えてくれたぞ」

「嘘!? え、でもロイド、私のことを捜していたじゃない」

キョロキョロと周囲を見渡していたロイドの姿を思い出し、アイラが叫ぶ。

だが、ロイドは事もなげに言い放つ。

「そんなの、お前を油断させるための演技に決まってるだろ」

「………」

すべてロイドの手の平の上で踊らされていたことを知り、アイラは悔しげに唇を噛みしめる。

そんな彼女に、ロイドは追い打ちをかけるように「さてと、何を聞いてもらうかな」とわざとらしい声音で呟く。

「うぐっ。ね、ねえ、ロイドって師匠よね」

「そうだな」

「なら、少しぐらい弟子に対して譲歩してもいいんじゃない？」

「都合のいい時だけ師匠扱いするんじゃねえ。……っと、何をしてもらうかだったな。……ふむ」

どうやら約束の内容は考えていなかったらしく、ロイドは少し考え始めた。

無理に考えなくていいんじゃないと声をかけようとしたアイラだったが、その表情がいつになく真剣なものだったので憚（はばか）られた。

少しして、ロイドはアイラの顔を真っ直ぐに見つめて口を開いた。

「――俺を」

「俺を？」

一言呟いて、その次の言葉を発することなく固まったロイドに、首を傾げる。

すると、ロイドはふっと優しい笑顔を浮かべるとアイラの頭を撫でながら言った。

「……いや。今日の夕食、とびきり美味いのを作ってくれ」

「そんなのでいいの？」

「なんだ、もっと他のがいいか？」

「う、ううん！　わかったわ、今日の夕食は楽しみにしといて！」

ロイドのことだから碌でもないことを注文してくるだろうと思っていたアイラは、その予想に反して口にされた要求の小ささに戸惑う。

が、すぐに力強く首を縦に頷いた。

「そうと決まれば帰るぞ。怪我はしてないよな」

「え、ええ」

「ならいい。俺は少し疲れたから、帰ったら寝る。夕食ができたら起こしてくれ」

「また寝るつもりなの……」

呆れた様子でジト目で睨むアイラをよそに、ロイドは木の幹に立てかけておいた杖を回収する。

それから振り返るとアイラの頭の上にポンポンと手を乗せた。

「まあ、諦めずに最後まで戦おうとしたのは良かったぞ。瞬時に地形を活かした作戦を立てることができたのも良かった。焦らずじっくり力をつけたら、自ずといい賢者になれる。頑張れよ」

「――――」

そう言い残して、元来た道を引き返すロイドの背中を、アイラは頭の上に手を乗せながら暫く固まったまま見つめていた。

それからハッと弾かれたように動き出すと、緩む口元を必死で押さえてロイドの背中を追いかけた。

あとがき

初めましての方は初めまして、そうでない方はお久しぶりです。戸津秋太です。

あとがきを書くときは、いつもどのようなテンションでやろうかと悩みます。デビュー作のあとがきは比較的ふざけた、というか、まあ、バカやっていたわけですが（若気の至りってやつですね）、ここ最近は落ち着いたあとがきにしようと心掛けています。

とまあ、そんな裏事情はさておき――。


本作、『辺境暮らしの大賢者　魔王を倒したので弟子と共に隠居生活を過ごそうと思う』をお読みいただき、ありがとうございます。

突然ですが、本作は私の〝好き〟を詰め込んだ作品となっております。

世界樹や魔界樹、そして魔法の設定などを始め、最強なのにとある理由で自堕落な生活を送りながらも、ここぞという時には頑張る主人公、ロイド。

普段は主人公に厳しいにも関わらず、時折弱々しくなってしまうヒロイン、アイラ。

幼少期、主人公と同じ時間を過ごし、主人公のことを誰よりも理解してくれる幼馴染、レティーシャ。

また、今後登場するゲフンゲフンや、ゲフンゲフンゲッホッホ、世界樹や魔界樹に関わるハッハッ――ハァックション的なイベントなどなど。

くどいようですが、本作は本当にたくさんの〝好き〟を詰め込みました。てんこ盛りです。まだまだ皆さんにお見せしたいもの、書きたいことはあります。

欲望の赴くままに設定を積み重ねたので書き上げることができるか不安でしたが、なんとか形にできてホッとしております。

願わくは、本書をお読みくださった皆様の〝好き〟に少しでも刺さっていましたらこれ以上の喜びはありません。


さて、本作を書くにあたっての話はここまでにして、最後に謝辞を。


まずは本作のイラストをご担当くださった、鍋島テツヒロ様。素晴らしいイラストの数々をありがとうございます。アイラ可愛い！　レティーシャ可愛い！　ロイドカッコイイ！

そして担当編集のS様。本書の制作にあたり、多大なご尽力を賜り感謝に堪えません。本当にありがとうございました。

また、デザイナー様を始め本作の出版に携わってくださった関係者の皆々様、そして何より、本書を手に取ってくださった皆々様に深い感謝を。


それでは、再び二巻でもお会いできることを願って。

BKブックス

辺境暮らしの大賢者

魔王を倒したので弟子と共に隠居生活を過ごそうと思う

2018年12月20日　初版第一刷発行

著　者　戸津秋太（とつあきた）

イラストレーター　鍋島テツヒロ（なべしま）

発行人　角谷治

発行所　株式会社ぶんか社
〒102-8405　東京都千代田区一番町29-6
TEL 03-3222-5125（編集部）
TEL 03-3222-5115（出版営業部）
www.bunkasha.co.jp

装　丁　AFTERGLOW

編　集　株式会社 パルプライド

印刷所　大日本印刷株式会社

ISBN978-4-8211-4500-3

Printed in Japan